문학과지성 시인선 424

느낌 氏가 오고 있다

황혜경 시집

문학과지성사

문학과지성사에서 펴낸 황혜경의 시집

나는 적극적으로 과거가 된다(2018)
겨를의 미들(2022)

문학과지성 시인선 424

느낌 氏가 오고 있다

초판 1쇄 발행 2013년 3월 20일
초판 5쇄 발행 2025년 9월 26일

지 은 이 황혜경
펴 낸 이 이광호
펴 낸 곳 ㈜문학과지성사

등록번호 제1993-000098호
주   소 04034 서울 마포구 잔다리로7길 18(서교동 377-20)
전   화 02)338-7224
팩   스 02)323-4180(편집) 02)338-7221(영업)
전자우편 moonji@moonji.com
홈페이지 www.moonji.com

ISBN 978-89-320-2395-3 03810

지은이는 2011~12년 한국문화예술위원회 창작기금을 수혜했습니다.

문학과지성 시인선 424

느낌 氏가 오고 있다

황혜경

2013

기다려주시는 아버지께
그리고 나의 부모님께

시인의 말

고요하고도 부드럽게 소멸하기를.
다음이 있으리라.

2013년 3월
황혜경

느낌 氏가 오고 있다

차례

시인의 말

I

I

어떤 상징

숨어 살기 좋아하는
한 여자
또
사람들 곁에서 도망친다

격리의
힘

상징의
덫

물구나무꽃

엄마를 할머니라고 인정하기 싫은 것처럼
엄마는 내가 꽃인 줄 아나 봐
엄마는 찌그러진 씨앗이 몇 개인지도 모르고
엄마는 그리다 만 동그라미가 몇 개인지는 알지도
못하면서

사뿐사뿐 몰래 놓고 가야지 다음은 네 차례야 수건
은 돌고

내 숨이 내 숨으로만 되지 않을 때가 있듯이 그러
다 보면 좀 어때,가 되어가는 타협의 요일들 허용과
용납이 헤프다 오기도 포기처럼 오기도 하고 나서는

꼭 해야 할 일과 그렇지 않은 것 중간에 마음이 걸
터앉을 때 꼭 그것이어야만 할 것과 그렇지 않은 것
중간에서 더듬거리고 한참 찾을 때 못 찾을 것 같아
서 심장이 더 뛰지만 꼭을 지우기로 마음먹고 보면
그 많은 꼭은 다 지워지고 아직 신발이 도착하지 않

아서 나갈 수 없었던 변명의 그날들이 꼭 그랬다
　그러나 꼭 지우고 나니까 스르르 발의 뿌리가 하늘
에서 자라고 있는 것처럼 한결 가볍고

　사뿐사뿐 몰래 놓고 가야지 다음은 네 차례야 수건
은 돌고 수건은 또 돌고

　들어온 사람을 밀어내고 밀어낸 사람이 자리 잡고
밀어내고 다시 자리 잡고
　쉿, 밀착과 거리의 적정선은 의심을 품고 몇 바퀴
더 돌아보면 알게 되지
　홀로 심오하다와 버금가다,를 위해 절교의 페이지
를 뒤적거리던 시간 뒤에
　발이 저려서 이제 서야만 할 때 물구나무꽃,이라고
단어 두 개를 과감히 섞고 나면
　피가 돌아 나는 기어이 나를 세우는 힘을 더 믿을
수 있게 되고
　잉태해본 적 없는 생명,이라고 쓰다가 수정하는 여

자들처럼

　종족이 푸르러지기까지 알맹이를 몰라보고 버리게
했던 무지(無知)의 날들 뒤에

　주름은 변질이 아니라 변화라고 믿을 수 있게 될
때 그대는 아름답다, 라고 쓴다

　사뿐사뿐 몰래 놓고 가야지 다음은 네 차례야 수건
은 돌고 수건은 또 돌고 이제 앉을 곳을 찾아야지

　어디쯤에서는 역산해야 하는 날들이 분명히 있으니
까 꼭 그렇게 서 있어야 하는 것은 아니니까 거꾸로
볼 때 보이는 진실도 있을 테니까 물구나무를 서면
최하가 최상으로 뒤바뀌기도 하니까 발의 뿌리가 하
늘에서 자라고 수그린 봉오리는 가장 낮은 곳에서 오
래도록 때를 기다렸다면 곧 뒤를 돌아다볼 차례!

　사뿐사뿐 몰래 놓고 가야지 다음은 네 차례야 수건
은 돌고 수건은 또 돌고 그만 앉을 곳을 찾아야지 술

래가 오기 전에 서둘러 당신이 돌고 한 번씩 순서는
돌고 기회도

두부의 규모

'싶다'와 '싫다' 사이
생각만 하느라 끼니를 잊게 되고
보이면 꼭 사게 된다 두부

명확한 구분의 결과로 한 모
두부를 사 들고 걸어오면 규모가 졸졸 따라오고
돌아와 나는 어떻게 자를 것인가 고민하고
와해의 가능성을 가득 품고 있는 두부
아무도 두드리지 않는 암실 안에서 바라보다가
나는 나의 角으로 순서대로 칼금을 넣어 썰기 시작
하고
물컹, 두부가 가끔 흔들린다
어떤 날, 흔들리는 모양은 머금고 울먹이는 것과
비슷해 보이기도 하고
기어이 언젠가는 완벽하게 무너지기를 꿈꾸며
나는 두부를 우물거린다

울고 웃고 먹고 가끔 토하는 입

다 못할 고백처럼 다 먹지 못하고 남은 반 모는 꼭
버리게 되지만
　두부를 사 들고 걸어오면 규모가 졸졸 따라오고
　자세히 보면 규모 뒤에 고요한 부두가 보이고

　침묵 속에서 혼자 먹는 두부는
　오래 정박한 부두에서 들려오는 독백의 형태로
　잠시 머물다가 무너지고
　무너진다는 것은 원점으로 가는 쉬운 길 같아서
　두부의 규모와 부두의 두부 사이
　나는 내가 아는 남은 소란을 곱씹으며
　다시 생각하기 시작한다

　고요하고도 부드럽게 무너질 수 있다는 것은 얼마
나 매혹적인가

창문도 없는 방이라 해도

각자의 방식으로 나를 다룰 때
어느 쪽으로 걸어도 없고 나는
창문도 없는 방으로 이사했다
어쩌면 안과 밖의 이야기가 아니었는지도 몰라
겨울옷을 입고 봄의 교회에 가면 목사님은 춥냐고
물었어
없으니까 이제 유리창의 물방울은 기억도 안 나는데
못 잊어 못 사네
해도
다 잊고 말았으니 살 만하게 정돈되니까
다음을 기약하는 말들은 하지 않기로 나랑 약속했고
창문도 없는 방이라
해도
어느 쪽으로 누워도 의아해질 때마다
어둠 속에서 적극적인 자세를 배우기가 쉽다고
누군가 저쪽에서 외치는 소리
내가 뒤집어놓은 백지 위에 흐릿하게 기록되었고
나는 배우기 위해 때마다 닫지 않아도 되었고

상응을 배우고 상쇄에 감사하게 될 때
없었던 생각을 시작했다
열고 나를 들여다볼 사람은 몇이나 남았을까
부음이 아니거든 나를 그냥 두세요
한없이 어설픈 동작으로 커튼을 치던 날들이 멀어
지고
나는 창문도 없는 방에서 자고 일어나
나는 창문도 없는 방에서 더 자라나고
어둠을 비우면 다른 어둠으로
결핍을 채우면 다른 결핍으로
결핍으로 다 비우고 나면 또 결핍으로 충만해져
텅, 비어 나의 몸은 유익하다

창문도 없는 방이라
해도
없는 방에서
현현(玄玄)하다
위에

현현(泫泫)하다
가 덧칠되기 시작한다

슬픔을 모르는 사람

몰라?

가장 쉬운 말로 하려고 했어
슬픔은 그런 것이니까
침대에서 양발로 딛고 내려오는 아침과
양발로 밀고 시작하는 젖은 아침의 무게가 다르지만
스케일이 큰 문장 뒤에 숨은 자잘한 단어들처럼
슬픔은 함께같이 원래 그런 것이니까

두 사람이 네 사람의 장례를 함께 치르고
나눠 갖고 난 후에 두 사람은
정말 내가 당신 같고 당신이 나 같다, 라고 했대

나는 함께같이 슬픈 것들과
더 잘게 애틋하게 슬픔을 잘근잘근

당신은 애써 슬픔의 영감(靈感)을 걷어차는 사람
부디, 제발이라는 말을 잘도 잊어버리지

당신은 포기가 빠르고 정해진 자리에 앉는다
자칫, 절도 있는 태도로 보여 당신은 대범한 사람
이 되기도 하지만
몇 개의 슬픈 알맹이들이 어떻게 굴러가다가 짓밟
히고 터지고 흩어지고 사라지는지도 이해하려는 의지
가 없고
짜임새라고 믿었던 올들이 어떤 계기로 풀리고 묶
이고 매듭이 다시 생기는지 보이지 않는 그 슬픔의
과정을 모른다

고아에 감상적으로 접근하면 고독한 아이
나는 고아를 잘 모르지만 버려지고 외로워서 슬픈
아이
함께같이 슬픈 나도

발이 가장 은밀한 눈물의 부위라고 내가 숨겼을 때
주로 조증(躁症)인 당신의 성기는 어떤 표정이었을까
몇 도였을까 또 나를 비웃었을까, 생각하면

붉가시나무를 어떻게 발음해야 하는지
더 붉은지 더 따가운지
나는 난대의 훈풍 한가운데 서 있어도 춥고도 외롭
고도 슬프다

두 사람이 네 사람의 장례를 함께 치르고
나눠 갖고 난 후에 두 사람은
정말 내가 당신 같고 당신이 나 같다, 라고 했대
두 사람은 부부였대

정말 몰라?

나는 함께같이 슬픈 것들과
당신이 없어도 정말 몰라도
슬픔과 슬픔을 모르는 사람의 거리를 이해하면서
나는 함께같이 슬픈 것들과 같이
나는 생각이 없는 사람보다
슬픔을 모르는 사람을 나는 더 모르고 싶고

두려움의 근거

드러내고 싶었던 현재가
숨기고 싶은 과거가 될지도 모를 일이라는 것
감히 뛰어넘을 수도 없이 시시때때로 변하는 타이밍
시간과 사건의 끔찍한 둔갑술
내가 무섭다
백발을 쓸어 넘기며 결과로 바라보면 진저리가 날
지도 모를
그 참혹한 알쏭달쏭한 수수께끼
시시한 실화를 규제하는 법으로 단속하라 하면
벌벌 떨었던 시간들 시시하게 없던 걸로 하고 싶지만
고독 지옥의 난이도는 더 어려운 쪽으로 뾰족하고
도는 피의 고동 소리는 언제나 뿌리 쪽에서 들려온다
도, 도, 도, 첫번째 음처럼 낮게
거스를 수 없는 근거는 어쩔 수 없이 나로부터 시
작되고
두려움의 터전이 나의 근본이 되는 날
심장이 몇 개쯤 더 있는 것처럼 두근거리지만
통점도 열 개쯤 더 있는 것처럼 아프지만

심장의 통점을 잘 간수하고 있으라고 해놓고
감수하고 두근거리기로 하자고 해놓고
나는 나에게
그래놓고

잊기 위해 노력해야 하는 것들이 늘어날 때 어느
쪽으로 어떤 종점도 찍히지 않을 때 결론은 맡겨버리
고 싶지만
즐겁다,라고 말해버리고 나면 즐겁지 않을 것 같아
서 가질 수 있게 되면 갖기 싫을 것 같아서 갖고 나면
도로(徒勞) 돌려주고 싶을 것 같아서 제 발로 두려움
의 가장 끝으로 몰아 돌아가는 그림자가 여럿 있지만
　　누구를 위한 지금의 것이 후에 반대쪽을 위한 효과
가 되는 일에 대하여
　　웃고 있는 오늘은 모르지 얼마 후에 울 일이 닥칠
지 아무도 모르지
　　그러니까 두려운 것은 미리 겁먹기 때문이 아니라

지나고 나서야 알게 되는 몰랐던 사실들 때문이지만
　나는 일찍 맞이한 체념이거나 초안이므로 두려움이
나를 지명한다 해도 괜찮지만 안 괜찮지만 괜찮지만
　그래도 나는 나의 근거

　행동에 순서가 없어지기 시작할 무렵의 일이지만
　절규는 늘 한통속이고
　절규의 동질(同質)과 동률(同率)의 절규에 대해
　똑같이 너에게도 묻고 싶어지지만
　쇠잔(衰殘)을 다 타 넘고 나서 나에게도
　타인을 위해 무릎을 꿇는 때가 오면
　차차 두려움도 차차, 차차, 그 뿌리를 거두게 될까

　지나간 그날이 오면
　나는 나에게
　다 책임지라고 말해버리고
　다음을 위하여 저 멀리 먼저 가 있고 싶지만
　도, 도, 도, 첫번째 음처럼 낮게

거스를 수 없는 근거는 어쩔 수 없이 나로부터 시
작되고
　나는 나의 근거
　무섭다 안 무섭다 무섭다

꽃의 뒤편, 샤워의 자세

꽃밭을 망치는 것처럼 다음에는 내게로 아무도 다
녀가지 않은 것처럼 씻는다 빗줄기가 꽃대를 여러 개
꺾었다는 공기의 말이 들리기 시작할 때 마알갛게 비
로소 고요와 함께할 것이므로 지나봐야 다시 보인다
시간의 마음의 함정이 더럽혀진 것들이

몸을 가장 작게 말고 마술 상자에 구겨 넣는 것처
럼 쪼그라들어 풍만한 것들을 잠재우고 씻게 할 때
겸손의 자세는 한층 더 돋보인다 나는 웅크리고 씻는
다 세상이 모두 비유일 때 바위 뒤에 숨겨놓았던 나
는 그날 나를 걸어 나오고

목의 방향도 바꿀 수 있죠 보고 싶지 않을 때는 돌
려요 반대일 때는 주목하고 안목은 반대쪽 상대의 몫
이었으므로 나는 선택당하고 이쪽의 시작은 저쪽의
결과가 되는 걸까 거기서 떨어뜨린 촛농이 여기서 뜨
거운 것처럼 이 결과는 또 저 시작에 닿을까 혀를 동
그렇게 말아 탈탈 털어 오늘 먹은 것을 다 버리는 자
세로 샤워를 할 때 그래도 숨겨둔 쌈지처럼 별들과

머리카락은 하수구에 흘리지 않고 간수하기로 한다
하나도 잃어버리지 않기로 힘겨운 약속을 하듯 힘을
다해 꽃봉오리가 열리는 순간에는 어김없이 별들도
안쓰러운 것들을 비춰주느라 뒤척이니까 열병을 앓는
몸처럼 꼭 그렇게 앓고 나면 무엇이든 이루어진다는
사실을 나는 기도처럼 믿기 시작했다 땀에 젖고 난
뒤에 다 식을 무렵의 일이었다

이 세상에서 제일 더럽게 무서운 것은 씻고 있는 나
마주 서 있을 때 나의 다음의 자세는 어떠해야 할까

다 벗고 나서 꽃의 뒤편에서 씻는 자세는 한 남자
가 한 여자를 안고 가볍게 날고 있는 그림과 닿아 있
고 무중력 상태의 가벼움과 황홀경을 모두 지나서 지
우고자 혼자일 때 잊고자 한 사람이 동참해 자꾸 같
이 씻는다 잊을 수도 없도록

그래서 또 씻는다 다음에는 다음의 준비 자세가 필
요하고 심호흡은 모든 일의 준비다 끝없는 축제 같던

날들 축하의 목소리들 반짝이 가루들 폭죽들 중간중
간 말을 참는 것 같더니 정지하더니 사라져간다 흡,

　　극점과 극점을 오가던 나는
　　"극도에 다다르다"를 중얼거리던 사람
　　나는 이제 극과 극으로 향하는 자세는 버리고
　　우는 마음을 손잡아주는 일이 잘 들어주는 일이라
는 걸 아는 자세로
　　나를 씻는다
　　·

　　씻으면 씻을수록
　　오늘의 자세 위로 물이 쏟아질수록
　　물의 혈서는 물,이라는 자세로
　　가장 더러운 것처럼 씻는다
　　다시 최대한 작게 몸을 말고
　　꽃의 뒤편에서

나는 시인들이다

분홍 테라피 코푸시럽의 계절에는 청유형 눈빛으로 의중을 살피는 눈의 온도에 익숙해진다 고열의 날이 잦고 약해지므로 여럿의 시인들이 방문하기 때문이다 나는 어제부터 쓰고 있는데 나는 또 쓰고 텍스트인 나에 대한 자유로운 내일의 번역은 당신들의 몫이므로 언제나 다르게 쓰는 나는 날마다 시인들이다

조율을 반복해야 하는 나는 백지 위에 첫 문장을 꺼낼 때도 검은 보자기 속에서 마지막 비둘기를 꺼내 날릴 때도 여럿과 협조하고 먼저 협상해야 하는 나는 시인들이다 그것은 나의 시인들의 운명이니까

지지야 지지

개나 사람이나 체온을 감당하지 못할 때는 서럽고 그런 날에 더욱 시인들이다 동식물의 삶을 오한이나 발열로만 표현하기 시작한다면 사소하고 지루하게 꽃밭에 물 주면서 하루에 점점 희박해지는 나는 시인들

이다 얇고 가볍게 들뜬 문장들 사이로 걷고 쓰는 시
인이라든지 핵심을 놓치는 시인이라든지 혼란스러운
시인이라든지 본색을 드러내는 데 걸리는 시간을 관
찰 중인 시인이라든지

지지야, 만지지 마 지지야

커튼 뒤의 어둠 속으로 몰아 넣고 자장가라도 불러
준다면 스르르 나는 지워질 의향이 있는 시인들 여럿
과 손잡고 있다 통증의 범위는 번져 넓어지고 통증을
좀더 익히면 살아 있는 느낌에 더 가까워진다는 것을
알고 있는 나는 시인들이다 어떤 날 두개골과 목뼈로
만 표현된 시인을 만나기도 했는데 육신의 살점을 모
두 덜어내고 푸른 뼈로 남은 나를 본 나는 시인들이다

선택한 문장들에 관해서라면 결정권을 가진 결재자
로 나는 시인들이다 출렁이는 물에 관해서라면 풍랑
으로 겪는 주제들에 올라탄 나는 시인들이다 가까워

지는 소리에 관해서라면 남들은 못 듣는 나의 소리인
줄 아는 나는 내 귀에 귀지가 바스락거리는 소리는
나만 듣는 것처럼 오해하는 나의 나는 시인들이다

　어떤 날의 습기, 냄새, 사탕의 빛깔 때문에 울기도
하는 나는
　지지야 지지, 만지지 마, 지지라니까 지지야

　돌아보니 나는 시인들이다 우리의 동선은 비슷했고
같은 지역에 있거나 비슷한 구역을 걸었고 마주쳤을
지도 모를 지도 속에 서 있었다 우두커니 지옥이었니
그러나 얼룩진 것들을 결말짓는 새 힘으로 일어나 나
는 시인들이다 돼지 저금통에 반짝이는 오백 원짜리
동전들을 성의 있게 밀어 넣는 것처럼 나와 나와 나
와 나와 나와 나와 나와…… 누군가 이 내부에 고이
고이 넣어놓은 나는 시인들이다 밖을 알면서도 모른
척하는 나는 겹겹이 껴입었다가 차례차례 벗어서 개
어놓는 나는 안에서 볼 장 다 본 나는 시인들이다

착잡하다

충격의 날들이 이어지고 말기를 살고 있는 것 같을
때 비극적 상상만으로 종일 울 수도 있고 모르는 사
이에 슬픔이 아늑한 곳에 자리를 깔고 나면 알게 모
르게 섞이고 자고 나면 섞이고 오가는 발들에 대해
생각하면 또 얽히고 점점 집을 나서기 힘들어지고 그
럴 때면 안의 동선을 신경 쓰며 액션을 더 크게 해야
하지 혼자 말하면 말하지 않는 것보다 활기차 묻고
벽을 돌아 걸으며 고개를 내밀고 대답하는 방식으로
조금 전의 내가 아닌 듯 질문을 기다리는 답변자가
되어 고개를 또 내밀어본다

알게 모르게,라는 말이 얼마나 복잡한지 갈수록 나
는 모른다
감았던 줄자를 풀어 이 끝도 없는 무지몽매(無知蒙
昧)를 재줄 수는 없는가

관계할 대륙이 없는 形
더 이상 밀고 나갈 힘이 없는 未知

갈피를 잡을 수 없이 뒤섞여 정체되어 있는 소음
점점 나를 하대하는 나

사람들은 가장 바깥의 것부터 버리기 시작하고
수레를 끄는 노인이 꼼꼼하게 챙기며 지나가고

지금 나는 이 복잡한 것을 그저 착잡하다, 라고
말해버려도 괜찮을까

이미 보았다

보고 싶다 이미 보았다
그쪽을 생각하면 체한 것 같고 이쪽은 좀 낫고
나의 모든 것 본 것 중에 있을 텐데
그쪽과 이쪽이 시간인지 공간인지 희미해지고
더 깊은 골짜기 데자뷔
이끼 낀 계단
더 밀림과 유폐
즐겁던 일들이 즐겁지 않고 예민해지던 이유가 무
감각의 부메랑으로 되돌아올 때 단독적으로 한껏 곁
돌면서 영향으로부터 달아나기 위해 아무리 더 가보
아도 이미 보았다
보고 싶다 이미 보았다
상사(相思)는 기다림의 어디쯤에서 병이 되려는가
이것을 다른 것이 치유할 수 없고
이것은 당신에게만 허용하는 나의 한정된 상처
끝을 보고 난 지 얼마 지나지 않아 시작이 끝과 이
어져
또 보고 싶다 이미 보았다

눈이 선한 사람 눈앞에 선해

시력은 어디쯤으로 확장되려는가

또 더 보고 싶다 이미 보았다

문지방에 올라앉아 목 놓아 울다가

이런 장면을 또 그 언제 보았나

보고 또 보는 영화에서도 못 본 것들이 또 보이는

것처럼

한번도 본 적 없는 장면인 듯 나는 통곡하는 낯선

나로부터 고요를 소유하게 되고

나를 보고 싶다 이미 보았다

더 겁먹을 나를 이미 보았다

담력(膽力)은 대체 언제쯤

A반의 연필 무덤

전인미답의 A반
날카롭게 깎는 소리들뿐이지만
해치지는 않는 가장 안쪽의 이야기 부드러워
아무도 걸어 들어가지 않았지만
앉아 있는 사람 없었지만

A반의 창가
책꽂이 한구석에 숲이 우거지고
몽당연필들이 모이자 연필 무덤이라고 불렀지만
그들은 아직 죽은 것 같지는 않았다고 전해지는
숨소리 가득한 A반

Answer, 그건 아니잖니
애야, 모든 부위에서 뿔을 빼거라, 각 잡지 마라
앤서, 그렇게 무책임해서 되겠니
앤서, 대응을 위한 것 말고 해답, 해결책으로 제발 좀

A반에서 쓰는 손을 본 적은 없다고 했지만

생각하는 의자에 등 돌려 앉아 있는 앤서의 소리들뿐
읽힌 적 없다고 했지만
어디선가 빠르게 자라는 손톱들이 우수수
오늘도 깎여 쏟아지는 '~동안'의 구석
그러므로 누군가 잘 먹고 잘 자고 있었다는 증거의
A반

몸들이 최대한 암묵적으로 쓰고 지우고 배우면서
몽당연필을 쥔 채 늙어가고 있는 것이다 작지만 또
손가락 사이에 쥐면 이건 비밀인데…… 입을 열어줄
A반의 연필 무덤에 모여 있는 몽당연필들 그 앞에서
딱딱한 꼬마 지우개가 지울까 말까 갸웃거리므로 누
군가 쓰고 있는 게 분명하긴 하다는 A반 오늘도 세
자루의 몽당연필을 묻어주고 새 연필을 깎고 있는 보
이지 않는 손이 읽힌 적 없는 문장들을 찾기 위해 연
필을 꽉 쥔다 또 들려온다 집요한 필담, 분명히 누군
가 쓰고 있다

황혜경(黃惠卿)

	체중(kg)	신장(cm)	두위(cm)	흉위(cm)
출생시	3.6	52	34	32

	무게(kg)	키(cm)	머리(cm)	가슴(cm)
1년 후	9	69	46	45

어린이 건강 수첩의 기록을 본다
머리가 크고 가슴이 자란다는 말
육안에 관한 이야기만은 아니라는 걸 알지만
알고 있었지만 잘 알고는 있었지만
자신의 무게로 얼마나 더 가라앉았다가 떠올라야
키는 크는 것일까

우리는 별(別)을 공부하는 마음으로 제자리멀리뛰
기를 하고
지극히 이기적인 동선을 만들어보고 있는 것일 뿐
그리고 삶의 의문형 속살에는

그래도 잘 살아가고 있는 중이라는 증거로 흐릿한
나이테

그러나 긴말 필요 없다
누가 뭐래도 어린이는 건강해야 한다
그때만큼은 몸도 마음도 아픈 일 없이

흑시편(黑詩篇)

나내눌내유지니그들너있나는이
는가러문인라라누이무도니도니
얄돋놓자하도당가대속다重다영
팍보으를시주신당시을당言나원
한기며폐는먹의신니보신復는히
백를꿈기도을열앞내이의言누안
과들속처다펴쇠에몸나종과군에
사이의분내지와서이니결放가거
전대상하가앓창문달나어聲따하
의는상시행는문을히는미大보리
보도으고간것이여나수는뭇고로
여다로안의은나시이시아의안다
주당만아음나를고다로직골사
지신인주침침약내오변도짜간
않은도지한반올눈늘하나기껍
는나하않그이리에숨는를에질
페를시는림없시특은일끝족두
이압는곳자기나급그기맺적꺼
지정도으를때이문림를지을운
이으다로밟문다자이갖못남수
니로　　을이　를　고하기박

발랄한 습관처럼 O, X

내가 처음 문방구에서 훔친 지우개는 꽃이었다 산
자들이 죽은 자들을 찾아와 꽃을 내려놓고 두 번 절
하게 될 때 그 뒤에 서 있는 다른 한 무리의 형체가
보일 것이며 그것은 어둠의 제형(蹄形)일 것이라는
예시였다 말굽 모양 신발을 신고 달리고 말 것이라는
역동적인 말, 그리고 뿆과 뿆 사이, 숨을 고르는 침
묵, 나는 그것을 좋아하게 되었다

유년의 추억이 많아 자라지 못하는 것이다 (X)

시무룩하게 오래 앉아 있다 보면 불편의 角은 부드
러워진다 (O)

초롱초롱한 눈을 달고 발코니에 서면 물기가 맺히
지만 사흘간 울지 않기로 잘라둔 할머니의 백발을 목
에 감고 잠드는 날에는 악몽을 꾸지 않기로

내 심장은 측면으로만 읽히도록 고정되어 있다 (O)

한 사람이 한 사람을 시무룩하게 만드는 일은 얼마
나 쉽고 간단한가 발랄한 우울 뒤에 숨어 풍선껌(꽃)
을 씹던 소녀가 친구의 무덤에 단물이 남은 분홍색
풍선껌(분홍색 꽃)을 뱉어놓고 두 번 절하게 되었을
때 수척해진 사람에겐 풍선의 탄력보다 우선인 빛깔,
그것은 색에 대한 외로운 고찰

사람이 사람을 창백하게 만드는 일은 생각보다 쉽
다 (O)

바나나가 하얗다, 라고 속살을 말하는 당신은 흑을
모르는 내 사랑이다 (X)

어화둥둥 내 사랑 잠든 척하는 당신을 지나면서부
터 남자를 모조리 등지고 쓴 요일의 일기에는 아빠가
일곱 명, 아, 빠, 입을 벌리면 소화하기 쉽게 음식물
을 씹어 밀어 넣어주는 그 가득한 느낌으로

슬픈 문장을 발랄하게 읽는 법은 당신도 알고 있다
(O)

개버딘은 레인코트의 옷감으로 제격이다 (O)
날실과 씨실을 촘촘하게 짠 옷감, '어찌해도 슬프
다'를 숨기기에 적당한 감, 절대 다 젖지 않는다 쉽게

기우뚱, 내가 처음 입은 바지는 한쪽에 두 다리를
넣고 잘못 입은 바지였다 그리고 쓰러져 바닥을 치는
가 하면 어느새 꼭대기, 뇌파와 닮은 복잡한 그래프,
당신은 그것이 나의 인생 그래프라고 펼쳐보였다

약봉지를 모으는 습관은 우울의 관습이다 (O)

불안정의 직조물은 미려(美麗)하기도 하다 (O)

웃는 것보다 우는 게 더 진하거든 (O)
찡한 기쁨을 알아가고 있거든 (O)

희뿌옇다

밤의 창밖의 상점들은 우유를 진열하지 않고 이것 봐, 더 자라야 하는데 늙고 있나 봐

자다 깨보면 그냥 뚱뚱한 날이 있어 속이 빈 채로 겉이 뚱뚱한 그런 날

그림 속의 여자들은 일제히 검은 구두를 신고 누구 랑 앉아 있거나 서 있거나 뒤뚱뒤뚱 걷거나 어디로 함께 가려고 하고

구두의 취향으로 많은 걸 짐작할 수 있다고? 발걸 음들은 내게 뒷굽만 보이며 가고 있는데

상대에게 원하는 바가 무엇이냐고 그것에 따라 상 대의 의미가 정해진다고?

지금 서로 마주 대하는 사람들은 어디서부터 어떻 게 시작하게 되었던 걸까?

발을 잃은 가늘고 흰 발목 하나를 바라보다가 그
만, 발목 아래의 이야기들을 자르고 싶었네

지금 눈을 감으면 끝나지 않을 것만 같은데 시야가
흐려지고 희다 절규는 하얀색일 수도 있겠네

말 잘 들을 테니 다시 한 번 낳아달라고 엄마를 조
르다 언젠가 보았던 희미한 뾰족지붕을 찾아 걷고 있
는 것만 같고

모호한 가방

지구본을 옆구리에 끼고 수선집에 가던 길에서
명랑한 만세를 외치던 내 친구 붉은 치마를 만났다
수심 없는 얼굴에는 가든에 가둔 가득처럼
種이 다른 꽃들 화려하게 피어났다
붉은 치마의 서랍 안으로 착지하는 새들과 정지하
는 말들

수선집 아줌마가 바지로 가방을 만들어준다고 했
을 때
떠오르던 실내
뒤집어도 볕이 들지 않던 실내
안을 떠올린 건 그날 뿐만은 아니었다
헌책방 구석에 앉아 누군가 그어놓은 붉은 밑줄을
읽다가
애인여기(愛人如己)를 발음할 때도
서랍 안의 얼굴들 서로서로 겹쳐보였다
남을 내 몸같이 깊이 사랑한 적 있었나
쌍둥이자리는 질투를 배제하는 별자리라는 걸

비서 아가씨 K가 내 좁은 서랍을 뒤져 읽어주던 그
날 오후
눈을 돌려 바라본 밖의 문양들은
뒤늦게 누가 누구를 감싸주는 형태였고

수선집 아줌마는 바지의 앞면과 뒷면을 잘라내고
붙여
겉과 겉을 맞대거나 속과 속을 이어 붙여
바지의 겉과 속으로
가방의 안과 밖을 만들기 위해 바느질을 시작하고
나는 그 곁에서 외부와 내부에 대해 생각한다
외부에 의해 내부가 내부에 의해 외부가 결정되는
일은
쉽게 드러나지는 않는 법

그러므로 이후의 모든 생일에 출생할 나는 방 안
에서
부고란을 맡아 쓰는 아저씨와 밤새 안과 밖의

사람의 붉은 부위에 대해 이야기를 할 것이고
또, 잘린 케이크와 시든 꽃 사이로 핏물인지 꽃물
인지
얼룩진 치마를 입고 한 아이가 뛰어 들어오다가 밖
으로 사라질 것이고

바지의 외부의 바지의 내부의 외부의 내부의 바지
에 의해
가방이 완성될 때까지
나는 외부의 내부의 외부의 내부의……를 반복하
다가
어려운 가방에 무심코
옆구리에 끼고 있던 지구본을 슬쩍 넣어본다
무엇이 무엇을 감싸고 무엇이 무엇을 담는지
확인하는 일은 중요하지 않으니까
주위가 깜깜해지고 곧 밝아오기도 하니까
상호적인 것들은 모호하기도 하니까
안과 밖의 배후를 갖게 된 가방

수선집 아줌마가 바지로 만들어준 모호한 가방을
나는 하나 갖게 되었다

난시(亂視)의 골목, 별 총총 변주 형태를 포함한 데생

화학자인 알프레드 나케Alfred Naquet에 따르면
음주 문제에 대한 해결책은 다음의 방정식 안에 있다고 한다.
빈약한 급료＋고된 육체노동＝발열 음료의 필요성[1]

누구인가 빛의 시간을 지나오며
검은 돌 하나를 4B 연필로만 그리고 있는 사람은

벽과 침대
긴밀한 내연의 방식으로 삶은 순환하고 있으므로
다음 날은 중요하지 않다고 말하고 취한 오늘의
남자
그의 침대는 건물 외벽의 안쪽에 바짝 붙어 있다
벽에 귀를 대고 잠드는 오래된 습관
나오기도 전에 胎에서 먼저 거절당했던 경험 때문
이다

빈 술병
보들레르는 「개성의 증식 수단으로서 비교해본 포

도주와 하시시」라는 글을 썼고 마르그리트 뒤라스는
하루에 포도주를 6리터씩 마셔가며 『죽음의 병』을 완
성했다는 구절을 읽다가 남자는 일곱번째 술병을 비
운다 뚜껑을 따고 또 뚜껑을 딸 때까지 난시의 골목에
서 벌어지는 순간의 이합집산, 먼 그날들의 별 총총

모퉁이 격리병동

요란한 의식을 싫어하는 이유는 신경과민 때문이
아닙니다 뒤돌아 앉아 있는 의기양양의 여러 표정을
따라 해봤지만 그때뿐입니다 그러는 사이 한 해 두
해 지나고 이제 와서 기다리던 마음을 부패와 유골이
라고 회상하면 어떨까요 사실 재난의 단계마다 불운
의 예시가 있긴 있었어요 아직 꺼지지 않은 정육점
불빛 같은 게 어디 또 남아 있지 않겠어요 바라보는
곳마다 음산한 골목이었을 때 그것은 어둠이 행하는
철저한 격리였다는데 그걸 지금에서야 여기는 대체

유언 시집의 표지
죽고 난 뒤의 팬티[2]와 어머니의 꽃무늬 팬티[3]가 겹
칠 때는
어지럽고 어지럽다 하얗게 또 방역차가 약을 치고
가는 모양이구나
골목 안 화장실에서 남자는 밑을 닦으며 두 가지에
대해 골몰한다
'멀어지는 성스러운 것들과 가렸던 부위에 대하여'
먹이를 찾는 노랑부리저어새들이 가수면 아래 부리
를 담그고 있는 것처럼
오랫동안 보이지 않는 것들을 뒤지고 있었다
'저어서 찾아주십시오' 남자의 시집은 유언이 될
것이므로
사체가 쥐고 있는 죽음의 표지에는 그렇게 쓰기로
한다
칼을 잘못 써서 생긴 상처가 왼손에 넷
잘 봐뒀다가 꼭 휘저어서 찾아주자 움츠러들 때 돌
출된 상처들

구르고 있는 바퀴들

그들이 v로 표기하는 속도는 의사 전달이 가능한 매우 빠른 속도로, 환상들로 뒤덮여 있을지라도 분별을 잃지 않은 글들을 산출해낼 수 있다 v′는 대략 v의 3분의 1에 해당하는 느린 속도로, 아주 오래된 기억들, 예를 들어 어린 시절의 기억들을 의식 표면에 떠오르게 하는 데 적합하다 그 반대편에 v″가 있다 그것은 가능한 한 가장 빠른 속도로 구문에 질서를 부여하는 데 온 능력을 쏟아붓게 하여 독자들이 헤어나지 못할 숲과도 같은 밀도 높은 글들을 산출해낸다[4]

v는 속임수를 부리는 술과는 정반대로 한껏 흐트러지다가도 흰 블라우스의 첫 단추까지 채우고 돌아서는 속도라고 남자는 생각한다 v′은 몽유에서 확립된 불편한 속도라고 규정한다 안락한 망각의 최면을 깨뜨리기 때문이다 v″는 완전한 지각을 통해 방향과 도착지를 이미 알고 구르기 시작하는 출발하는 바퀴다

어렴풋한 골목으로 시야를 가리며 굴러가는 것들,
별 총총 먼 그날들의 변주

암각화—검은 돌 하나

골목을 보았고 계단에 앉아 있던 성별을 알 수 없
던 아무개들을 지나 걸어 들어온 것까지 거기까지가
남자의 기억이다 벽에 귀를 대도 잠들 수 없었던 그
날 어둠 속에서 조금 딱딱해지는 것 같기도 조금 납
작해지는 것 같기도 했다 다음 날, 누군가 벽에 붙어
있던 검은 돌을 발견했고 얼마 후 누군가는 벽에서
동떨어진 채 놓여 있던 검은 돌을 봤다고 간격을 수
정해줬다 그리고 돌에 새겨진 글자들은 젖어 있었다
'맹그로브 숲으로 가서 수면에 잠긴 맹그로브 나무의
젖은 뿌리가 되겠습니다' 검은 돌 주변으로 별들 모
여 총총 반짝이는 날이었다 어둠에 새겨진 검은 돌
하나

누구인가 검은 돌 하나를 슥슥 지우고
천하태평의 데생을 새롭게 시작하는 사람은

1) 알렉상드르 라크루아의 책 『알코올과 예술가』에서 인용.
2) 오규원의 시 「죽고 난 뒤의 팬티」에서 인용.
3) 김경주의 시 「어머니는 아직도 꽃무늬 팬티를 입는다」에서 차용.
4) 앙드레 브르통과 필리프 수포가 자동기술법으로 쓴 책 『자기장』
　 에 소개된 '글 쓰는 속도'에 관한 글에서 인용.

채색의 저편

색과의 불화가 시작된 기억이 있다 산을 초록으로 초록은 생명의 희망으로 배웠지만 하늘과 땅과 바다의 빛깔을 덧칠하며 도달할 수 없는 곳을 지워나갔다 그것은 오리기 힘든 레이스lace 근처에서 멈춘 채 녹슬고 있는 검고 무거운 가위 같은 것, 모양의 질서는 사라지고 있지만 인형의 옷들은 분명 분홍이었다 울어야 재워주는 습관이 몸에서 지워지지 않았던 '새파랗게 질리다' 무렵이다 영원한 어린이는 어른을 먼저 재워야 한다고 믿기 전의 일이었다

바람이 들어오는 창문을 가진 적 있다 바람 속에서 인연의 끈을 만지작거리고만 있다 보면 어디서 끝날 것인가 시작은 되었는가 알기 힘들어진다는 것을 알아가던 휘몰아치는 '매우 검다' 무렵이다

잠과 관련된 지워야 할 명사들의 결합 '욕조=아기새=베개'가 흩어지고 "부드러운 꿈을 꾸고 일어나 색칠한 욕조를 갖겠어요" 곧바로 욕조를 칠한 나는 몸에 닿는 밤의 증거였나 닿기 전에 움직이는 먼저의

바람이었나

　끌어안기와 밀기는 둥지나 어미 새의 언어다 밀려나 저편으로 비행을 시작하며 자라는 어린 새들, 층운형 구름을 따라 지평선과 나란히 날아가는 그들을 따라 색을 버리고 땅에 가장 가깝게 끼는 구름처럼 나도 가본다

　아무개男의 휠체어를 밀고 가는 女, 밀다 보면 휠체어는 양팔의 힘을 세게 해준다고 아무개男은 말했다 운반하는 女는 그를 통해 무게와 싸우고 있는 자신의 몸이 아름답다는 걸 알게 되었고 두 사람에게 빨강이라는 정열은 색채상징이 아닌 마음의 기류였다는 것, 날씨의 영향을 받지 않는 동일한 색으로 두 사람은 하물며 중첩되기도 했는데 채색의 저편으로 가고 있는 중이므로 거듭 겹치거나 포개지는 이유를 밝혀 설명해야 하는 일은 아니지 않은가 형체를 가진 만물이 한 통 속에서 검을 때도 구름을 빛내는 일은

구름 뒤편, 해의 일, 두 사람의 한 가지 색에 온도가
오르고 女가 말한다 "신접을 발음하면 떠오르죠 화이
트닝, 그리고 곧 더러워질 흰 벽들까지도, 저마다의
표정을 색깔로 받아들이기 시작하면 납득할 수 있지
요 새로운 살림인 거죠"

순식간에 지워져야 할 때면 하양, 뒤의 것은 뒤에
두고 하얗게 무엇에 물들어도 하얗게, 지금은 연약한
것들에 연루되어가는 '그러니까 하얗게' 무렵이다
　빈집의 창가를 '비'라고 적어두고 저편으로 투명해
지고 있는 나날들 이제 칠하지 않기로 해요 흰 담장
을 색칠하는 일은 재밌으니까 사과 한 알을 내고 칠
해야 한다고? 거짓말쟁이 톰이 말해도 함부로 칠하지
않기로 해요

그것을 주홍이라 부를까

가을 기미가 짙게 넓게 퍼져간다
해는 강물 위에서 비브라토*로 빛의 음역을 만들고
검은 지빠귀 한 쌍이 배를 보이며 서로를 향해 낮
게 날고 있다
그 계절, 도저히 새끼의 어두운 눈을 사랑할 수 없
다던
그 어미 아비는 어떤 눈빛을 갖고 있었는가
수수방관에 순서를 매기고 몹시 차가운 것들부터
가르쳤으니 그렇지
자신의 눈빛에 물들지 않기 위해
아이는 자라나면서 툭툭 부러지는 굵은 색연필로
보이는 여백마다 감나무의 감을 그려놓고
하루는 해라고 하루는 달이라고 우겼다
살아 있는 한, 옷의 두께를 가늠하는 일이 중요하
다는 것을 알아가던 무렵
밤과 낮이 추웠으므로 햇빛과 그늘은 오답이었다
체온은 근본적인 자기 관리였다
그 후, 색의 조도를 따라 거처를 옮기는 일은 반복

되었으나

둥지를 꿈꾼 적은 없었다

조국이 버린 사주를 타고났군요 그럼 그렇지

편견을 흔들어놓고 사라지는 아름다운 것들을 간수
하고 싶었으므로

아이는 자라 음지와 금기 속으로 손을 넣어 찾는
동작으로 휘휘 젓거나 주물렀다

어떤 날은 생각의 발끝을 보며 정돈된 걸음으로 따
라 걸어보기도 했지만

대부분 뒤죽박죽 별장의 시초를 알 수 없는 뒤죽박
죽을 선호했다

씨가 없는 종들과 대화하는 날이 많아지면서

제 속에서 불가능한 열매를 키워내기 시작했고

곱사등처럼 어둠이 지고 오는 빛깔에 자주 소스라
치게 놀랐다

고운 입술도 주름진다는 걸 왜 알지 못했나 그러니
그렇지

그리고 너무 오래 인물을 세우지 않아 암전이었던
무대,
마지막 날의 커튼 뒤에서
휘청거리다 바로 서려고 스텝을 밟는 주인공이 걸
어 나와
"안아주고 가셔야죠 바위는 치워주세요!"
피가 섞인 한 줄의 대사를 더듬거리면
고름 물의 수위가 높아져 입 밖으로 흘러넘치고
긴 되새김질을 통해
은밀한 색조가 드러나는 순간이 오고야 만다
벗으라 했다 물들라 했다
농후한
그것을 주홍이라 부를까

* 음정을 아래위로 떨어 울리게 하는 기법, 또는 그 음.

날개는 어디다 두고 왔니 이제 다 왔는데

1

한쪽 날개를 두고 간 새가 걱정이다

새의 울음은 어느 쪽에서 들려오는가

날갯죽지, 그 뿌리는 이제 전천후 비행을 체념한
모양이다

발가락마저 잘린 새가 큰길을 건너 걸어가고 있다

이제 다 왔는데 집 앞 하수구에 열쇠를 빠뜨리고
쪼그려 앉아 어둠의 빗장에 날카로운 빗금을 치던 밤,
톤이 높은 한 무리 소녀들의 목소리가 따갑게 지나갔
고 찔리거나 찌르면서 곧바로 놓아버리고 등 돌려 앉
던 생에 대한 비겁한 혐의가 되살아났다 나의 새우와
선인장은 오래전부터 함께 있어도 말이 없구나

2

　지루한 시절을 지나 나무 아래 이제 다 왔는데 원
수를 대신 갚아준 동료에게 남겼다던 낡은 상자는 정
말 묻혀 있을까 천상초를 키우며 자란 하늘 아래 아
이는 검은 새를 좋아하게 되었지만 끝나지 않는 노래
'인생에서 늦어도 괜찮은 것은 결혼과 죽음이라네'를
허밍으로 부르며 혼자 시초의 블랙으로 돌아가기 위
해 날개를 펴는구나

3

　공주 개미가 짝짓기 비행을 하고 있다

　곧 개미굴 속으로 기어 들어가

알을 낳아야 하니까 날개는 필요가 없다고

스스로 날개를 떼어버리는 공주 개미가 걱정이다

최선의 사랑 후 철저한 속박 날개에 관한 마지막
이야기

날개는 어디다 두고 왔니 이제 다 왔는데 어젯밤
물가에 대놓은 배를 누가 데리고 갔나 빈손을 털고
돌아오는 길에는 '손수건은 인연처럼 손들의 냄새를
데려다주네요 가십니까, 글렀다'라는 노래를 지어 부
르며 타인이 남긴 잿빛 손자국에 손을 대보는 건 어
떨까 생각한다 세상에서 가장 믿기 싫은 이야기는 날
지 못하는 나야, 내려야 할 역을 지나치면서부터 근
심이 깊어지기 시작한다고 날개를 잃고 온 날 너는
내게 손짓했다 유난히 불빛이 반짝이는 날은 글썽이
고 있다는 증거라면서

4

내 앞에 날개 하나를 두고 간 새, 발가락마저 두고
간 새

날개의 본분은 날갯짓이므로 저쪽으로 날아가는
동안

날개를 어디다 두고 가는 중인지 모르는 새가 참
걱정이다

한쪽 날개를 잃어버린 새들이 비틀거리며 저녁으로
도착해

검은깨처럼 한쪽 방향으로 우수수 쓰러져 쌓이고
있다

벌(罰)

아기가 운다 아이가 왜 운다 사람이 먹는다 사람이
시름을 왜 먹는다 남자가 잔다 남자는 또 왜 잔다 여
자도 잔다 여자는 왜 운다 여자가 왜 낳는다

너를 벌하고 있는 중이란다
쪼그려 앉아 자신의 성기를 열심히 닦고 있는
그녀를 본 날 여자는 애달프고 애처롭다
많이 약해져 있구나 조력(助力)을 믿지 않게 될 때
가 그렇지
벽에 붙은 숲의 그림 그 초록의 지면에 눈을 두렴
모르고 쓴 검은 글자들을 다 지우면서 지나가거라
너를 벌하고 있는 중이란다
현미경으로 물벼룩을 관찰하는 것처럼 이리저리 뒤
집어보며

종일 너는 너의 방 안에서 네가 제일 깜깜할 것이
며 나쁜 생각들이 틈을 다 메울 것이며 맥이 풀릴 것
이다 웅크린 채 들리지 않는 자장가에라도 기대어보

고 쪽잠에만 발을 디딜 것이다

　꼿꼿이 걷고 있었겠지만 어둠에게는 친절한 수동태
였구나

　너는 어둠과 합치된 채 아는 길도 다 잃을 것이며

　손수건도 없이 소매로 쓱쓱 닦을 것이다 눈물

　이미 써놓은 문장들도 침을 묻혀 어렵게 지워가야
만 할 것이다

　독기를 체념처럼 포장하고 속이며 왔구나

　이 말은 부탁이 아니라 선언이었겠지?

　'나는 플라스틱 칼을 옆구리에 차고 골목대장처럼'

　너는 이제 플라스틱 칼로는 안 될 것이며 사계절
혹한에 속해 있을 것이며 나는 지나가고 있기는 한
것일까 어제의 일기에 너를 또 쓰고 덧칠하며 오늘
주먹에 힘을 주겠지만 두려운 감각을 놓지 못한 채로
네가 가장 무서울 것이다 주워 온 개와 살아온 사람
없던 긴 세월도 겁먹는 일에 기여할 것이며 네가 네
발등을 찍고 있는 것만 같을 것이고

격렬하게 다 싸우고 나면 극명하게 갈리거나 내가
분명해지거나

너를 벌하고 있는 중이란다
나는 벌 받고 있는 중이란다

II

나(너)와 너(나)

지구는 둥글고

나(너)는 너(나)의 제2의 피부

말은 생략하기로 하자

길어지는 일시

함께 먹기 위하여 재료를 사 들고 문밖에 서 있던 당신을 기억해
한자리에서 오래 기다렸구나 채소는 시들어가고
먹는 일에도 의지가 필요하다는 것을 알아가고 있는 나는
당신의 단추를 만지작거리다가 반추(反芻)
되새겨 나를 먹인다
이미 지나간 것에 미련을 가지면 자기 앞의 것을 전혀 볼 수가 없단다*
그래도 할 수 없어 느낀 것을 또 느껴보려는 과정이야 그 과정을 계속 살아

당신은 내 발목을 당신의 단어로 삼고 당신 발목에 덧대고 여전히 가고 있고
나의 몸은 그렇게 단어로 하나씩 사라지지만
나의 문장으로 당신의 절정을 결정짓고 싶었지
그러나 행적이 묘연한 당신의 발 때문에 오도 가도 못하는 나의 발, 그 꼴은 어떻고

차라리 마침표를 찍어놓듯이 엄지발가락이라도 잘
라놓고 가라고 할 걸 그랬지

합일은 붉은 꽃물이 들었다 빠지는 자리
잠시 길어진 일시

같은 질문에 시차를 두고 매번 다른 대답을 하는
당신을 믿지 못했지 끝내 헤어지기가 두려워 만나지
않기로 하고 죽음을 목격하기가 두려워 내가 먼저 죽
고야 말 나의 이기

그래도 성비를 확인하려는 듯 차근차근 하나씩 만
나고 헤어지는 남녀들이 많고
영원을 믿을 수 있을 때까지 애인이 몇 번 지나갈
것이고
나는 여전히 일시 안에서 당신을 기다린다
움직이려는 초침을 붙잡고 놓아주지 않는 것은 무
엇인가

그리하여 나의 1초는 쉽게 지나가지도 못하고
조금 더 길어진 일시 안에서 나는 당신 곁에 길게
누워본다
너의 맥박 아래 내 우울증은 사라질 거야**

이제부터 나는 당신을 건드릴 것이고 온기로 당신
을 녹일 건데 에이프런을 두르고 에이프런, 에이프런
을 발음하면 혀끝이 살짝 빠져나와 입맛도 도는데 예
쁜 접시를 꺼내놓고 먼저 죽은 것들과 떠난 것들에게
메롱, 혀를 더 내밀어보면서 당신만을 위한 요리를
시작할 건데

합일은 붉은 꽃물이 들었다 빠지는 자리 (X)
합체는 붉은 꽃물이 들었다 빠지는 자리 (O)

합일은 우리가 등 돌리고도 우리의 일시를 그리워
할 때 완성된다고 고쳐 쓴다
일시가 잠시 길어지고

길어진 일시가 되어가고
점점 더
길어지는 일시

걷다가도 고개를 한쪽으로 기울여 허공의 어깨에
머리를 기대보는 나는
더 기다릴 수 있다
일시도 영원의 어깨쪽으로 머리를
길어지는 일시가 조금 더 영원쪽으로

　* 애니메이션「라따뚜이」중에서.
　** 영화「소년, 소녀를 만나다」중에서.

취향의 손상

당신이 먼저 봤기 때문에 나는 통과
당신이 먼저 들었기 때문에 나는 침묵

둘이 만날 때 둘이 주머니에 한 손씩 바꿔 넣고 걸
을 때 서로의 주머니에서 만지작거리고 뒤적거릴 때
하고 싶은 마음에 대해 생각해 점차 같은 방향으로
쏠리겠지

가까워지려고 다가오는 자
애인들은
동질감의 둘레 곁을 서성거리며 거리를 바짝 좁혀
오지
그건 멀어질 수는 없는 애인들의 기본 자세
그런 식으로 조여오면 나는 사랑했지만 죽은 것들
을 더 사랑하지

조금씩 들키다가 들통 나는 것이 취향의 종결이라
고 믿는다면

틀렸어 마지막 하나인 줄 알았는데 밑에 한 조각
더 남은 비스킷처럼
　의외로 기쁘게 얼마든지 나는 나의 끝까지 닿고
　나는 가정(假定)에서 미루어 짐작한 많아지는 나를
찾아 완전히 갖고 싶지
　나는 나를 독차지하는 것이 취향의 귀결이라고 다
믿고 나면
　그런 다음에야 나는 당신의 끝까지

　당신이 먼저 봤기 때문에 나는 통과
　당신이 먼저 들었기 때문에 나는 침묵
　당신이 먼저 썼기 때문에 나는 지울 수밖에

　지배적인 취향에 다치는 날에는
　아무것도 쓰지 않고 지우면서 일찍 자기로 해

　둘이 하고 싶은 마음이 쏠리는 같은 쪽에서
　우리는 정말 우리가 될 수 있을까?
　아무도 다치지 않을 수 있을까?

담장 아래 붉은 담요를 깔고

여자와 꽃의 이야기가 시작된다 어둠을 덧댄 하늘
은 주로 꽃의 요구에 따라 톤을 조절했으나 암흑의
끝까지 들추진 못했다 별빛보다 아련한 단어를 찾지
못했으므로 담장 아래 붉은 담요를 깔고 여자를 잃고
싶어 어둠 속에서

떠나려는 여자 떠도는 여자 우는 여자 여자들 온통
나쁜 생각과 열두번째 후회를 하는

위험에 처한 것들이 그림자 안으로 걸어 들어온다
이윽고 담장 아래 대부분 비명이었으나 점멸하는 것
들은 여운으로 읽히고 또 밤의 안압이 오르면 튼튼한
겹꽃받침을 하나씩 풀며 꽃이 몸을 열어젖히고 덜그
럭, 한 뭉치의 녹슨 사슬을 꺼내놓기 시작한다 긴 시
간 통증을 견디는 입 모양이었다

아침이 오면 잎과 줄기에게로 반음을 타고 빛들이
모여들고

온음까지는 멀지만
사소한 불행으로 아름다워질 때가 있다고
열매를 위하여 아직은 아름답지 못하다고 말하려는
모양으로

기다리고

기다려도 피울 수 없다면 쇼룸에 벗고 누워 있는
것처럼 담장 아래 붉은 담요를 깔고 여자를 잃고 싶
어 뒤처리도 깔끔하게 피 쏟아 다 마르도록 충혈을
넘어서 불길한 상징이 되어가느라 붉어진 것들 붉은
담요를 깔고 모두 잃고 잃을 것 다 잃고

그리고 또 핑크빛 물결이 온다 아직 붉지는 못하다
또 붉어지기까지는 아득히 멀다

입을 수긍하는 밤의 갤러리

1

마돈나백합비늘줄기 추출물이 들어간 분을 바르고
저녁부터 길을 걸어갑니다
어떤 날은 수선화 연꽃 장미 프리지어 동백
기분에 따라 붓꽃 진주 태반 추출물을 섞기도 합니다
입안이 부드럽다는 것을 가르쳐준 당신으로 인해
생각이 입에서 생각됩니다 어둠이 내리면서부터
입은 뜨거운 밤을 덥석 물었던 적이 있었습니다
말을 잇지 못하는 입과 다짐하는 입을 몇 개 더 갖
게 되었습니다

지루한 하품처럼 입이 길게 한 번 열리고
꼽추처럼 지상은 평균보다 낮아지고
알고 있는 풍경들이 생경해질 때마다
나는 당신의 입을 수긍하고 있습니다

2

  침체된 입안에는 날개를 꺾은 독수리가 몇 마리째
인지도 모르겠고
  삭힐수록 커지는 울음이 안에서 겹을 이룰 때
  그것은 한 수 위, 입의 입장입니다
  정면을 보여주지 않는 옆얼굴을
  전시의 완결이라고 말해버리면
  잠시 입이 가벼워지기도 합니다
  입은 들키기 쉬운 곳입니다

  뻥 뚫린 곳, 가족 없는 1人이 사는 곳에 나의 입이
있습니다
  임시로 정한 방, 그곳을 집이라 부른 적은 없습니다
  헤치고 달려가면서 동그란 것들보다 샤프한 것들
에게
  전속력으로 곱다, 라고 밑줄을 그어주고 싶던 날이
었습니다

당신의 입은 쉿, 손가락을 대고 말했죠
쉿, 입을 들추는 것들은 대부분 레이스 팬티, 속곳
을 다루듯이
쉿, 끝을 보이지 않고 사라지는 안개와 향료를 다
루듯이

'열린 입이 화근이었다'는 주제는 닫고 난 뒤 갤러
리에서 시작되는 것입니다, 라고 말할 수 있겠습니다

3

아기의 입처럼 시작하는 시간의 입을
아침이라고 한다면 어떨까요
걷기 불편해진 백발의 할머니가 입을 오물거리며
네 발 달린 지팡이를 짚고 걷는 소리
바로 아래층에서 불면이 귀를 열고 듣고 있습니다
직립의 몰락 이후 다시 최초의 보행으로

시간의 세심한 층층다리를 다 건너온 듯한 할머니는
언젠가 복도에서 주름진 입술을 움직이며 말했습
니다
진짜 외로운 사람은 식구를 꿈꾸는 법이지

그리고 혀를 내밀고 죽은 것들을 그림으로 간직하
게 될 때
목구멍 깊이 가시덤불
나는 죽은 것들의 생일들을 향해
세상의 촛불들이 켜졌다가 흔들리는 날이 또 오고
있다는 것을 알게 되고
입술을 오므려 바람을 모으는 입을 한 번 더 만나
는 것이었으니까요
후, 수긍한다는 것은 언제나 자극 앞에서의 일이었
으니까요
후, 입이 열 개라도

4

혹시, 밤의 고양이들이 그걸 덥석 물지는 않을까요
순식간에 입을 베인 고양이들이
제 피의 비린내를 따라 어둠 속으로 사라지는 그림
반복되는 전시
밤의 갤러리는 빈 참치 깡통을 버리는 그 순간
나의 시간이 오픈합니다
당신의 입을 수긍하게 되는 참 깊은 밤입니다
입을 수긍하는 밤을, 시인합니다

순서

누구의 아이를 낳을 것인가

이전에

누구를 묻어줄 때까지 사랑할 것인가

결정하는 일

카테고리

당신도 나도 아니다 이렇게 끈이 쉽게 풀릴 말들은
절대로

먼 훗날 만나게 될 나와 당신 아직 만난 적 없는 당
신과 나
마주 서 있을 때 살짝 겹쳐지는 교집합으로 포개지
다가
같은 성질로 완전하게 포함하는 합집합으로
하나의 카테고리로 우리 안에 당신과 나
곧 만나게 될 나와 당신

짐작하기 시작할 때 내 몸의 모든 곳은 발성기관이
되어 소리로 당신에게 향하고 대부분 그건 울려고 하
는 게 아니라 반짝이는 겁니다
우주적으로 거역할 수 없는 순환의 카테고리로 연
결된 우리
고리처럼 구부러져 상대의 뒷덜미에 걸리고 있다

이제 당신과 같이 있는 게 집에 있는 것 같아요*

　생각만으로도 하루가 휏, 쉬이 간다는 것도 알게
되었고
　그것은 하루라는 밤과 낮의 카테고리
　바닥의 밑까지 더 깊어지기 위하여 고민이 상대일 때
　아침에서 밤으로 내내 바라볼 때
　얼마만큼 동질이 이중적이지 않을 수 있는가
　우리의 범주는 공통의 그것을 묻고 있다 집요하게

　헤어지거나 떠난 후에는 빨간 립스틱을 사겠지요
또 다양한 톤의 붉은 것들 모두 울지 말기로 해요 울
지 않으려고 하는 것 나는 다 알아요 하나의 숨이 끊
겨도 울지 말기로 우리 중에 하나를 누가 끊어도 언제
그랬냐는 듯이 빨갛게 히죽, 하늘을 올려다볼 예정입
니다 그리고 나는 잇고 있고

　뼈의 변형이 일어나지 않는 한 바짝 나는 당신과

깍지를 끼겠습니다

　나는 한 번 떠나면 돌아오지 않을 걸 나는 아니까
결단하고 결정해야만 하는 끝에 서 있다가 발가락을
꼼지락거리면서 시간을 좀더 벌어보려 하면서 낍니다
천천히 쌓입니다

　나는 카테고리에 발목을 붙잡히고 싶어 합니다 당
신과 나라는 고리
　서로의 가슴에 가장 날 선 칼로 자신의 아픔을 본
뜬 후
　지워지지 않을 정직을 새겨 최후의 붉은 신념으로
삼을 수 있는 당신과 나

젖꼭지에 빨간약을 바르고
자지러지듯 놀라 우는 아이를 떼어내듯
굶은 당신에게 그런 짓 다신 하지 않겠습니다
배고픔의 범주에 나란히 들어앉아 있는 당신과 나

이심전심의 숭고한 식사처럼

* 영화 「길」에서 젤소미나가 잠파노에게 한 말.

동일한 손목

1

마주 서 있을 때 손목,이라고 말하면 잡힐 것 같다
손아귀를 숨긴 연연하는 자들의 이기적인 전개에
대해 생각하다가
손목시계가 감싸고 있는 볼록한 뼈를 만져본다
손목을 손목답다,라고 말할 수 있는 순간이 있다면
확고하지 않은 것에는 잡히지 않을 때라고 말하겠다
어렴풋한 손아귀들
섣불리 확정하지 않을 때 손목은 아름답다

손을 잡지 않고 손목을 잡는 애인을 놓기 위해서
다른 성질의 무관한 뼈를 꿈꾼 적이 있다
손목의 스냅을 활용할 줄 몰랐으므로
손목을 잡고 걷는 애인을 버린 적이 있다
손을 잡지 않고 손목을 잡고 빨리 걷는 애인은
깊이를 가늠할 수 없는 그림자 연못으로
틀림없이 나를 데려가고 있는 것 같았다

2

    몸의 한 부위로 타인을 기억해내는 습관, 여자는 상
대의 여자처럼 부드러운 손을 갖기 위해 주기적으로
파라핀 액에 손을 담갔다 빼곤 했습니다 출렁이는 것
은 손목을 넘지 않았고 그때마다 엄지손가락과 네 손
가락 사이, 세력이 미치는 범위를 한참 동안 바라보았
습니다 그것은 손아귀를 벗어난 것들의 떠도는 입장
에 대해 반복적인 사고를 가능케 하는 일이었습니다
힘의 불균형은 의지의 불균형으로 이어집니다 그동안
수동과 능동은 그 자리에서 엇갈리기 시작하는 게 아
니었을까, 여자는 손아귀에 사로잡혀 있습니다

    이동하는 양 떼를 그리는 일은
    뭉게뭉게 구름을 그리는 것과
    동일하다고 짐작하던 계절이었다

손목을 믿거나 믿지 않거나

보이지 않는 진동이 확정된 둘 사이에 존재하고 있
다는 것을,

당신과 나의 앵두가 동시에 툭, 터지는 그때

동일한 손목으로 지지해주는 동일한 아침이 오고
있을 거라는 것을, 믿지 않을 수 없었다

너를 믿는다,는 말은 믿지 못한다,는 말을 내포하
고 있다는 것도,

세상에서 가장 지루한 손가락들만 갖고 놀다 지쳤
던 그 무렵 나는 알게 되었으므로

3

곱게 접어둔 팔 끝에 손을 잃은 남자의 손목이 동
그랗게 입을 다물고 있다

부치지 못한 편지들을 동봉하고 있는 것만 같다

손을 잃은 후, 자주 위협적인 몽정, 남자는 꿈꾸지

않았지만 차츰 기도는 변해갔다

"사라진 손아귀로 힘을 잃게 하시고 부디 보이지 않는 오른손으로 누군가의 마지막 날에 손잡아줄 수 있게 하소서"

남자는 담벼락에 기대앉아 울던 날
등짝과 담장처럼 손아귀는 손에게 손은 손목에게
그런 관계였으면 좋겠다고 생각하게 되었다

4

저 멀리 통과물은 하나인데 과정을 지나는 경기를 여럿이 하고 있는 것 같을 때 동일한 손목이 떠오른다 마주 서 있을 때는 손목,이라고 말하지 않았다 움켜쥘 아가들의 손은 더러워질 일만 남았으므로 나는 엄마가 되지 않기 위해 누구의 여자도 되고 싶지 않았다 잡고 잡히는 일은 둘의 앵두가 동일한 순간에 툭, 터지는 그때 동일한 손목으로 지지해주는 동일한

아침이 오고 있을 거라는 믿음에서 시작된다면

나는 실제로 동일한 손목과는 제일 무관하다

아득한 남편

　의존과 의지의 의미를 구분하지 않았다 내 여자는
의존을 멀리하며 안정적인 너의 윗입술이 싫었고 그
건 다 싫은 거나 다름없던 일 나랑 걸었던 너의 굽은
손가락을 잃었고 그건 다 잃은 것과 같고 닮고 싶은
표정 하나가 있었으나 나는 자주 만나지 못하고 부
드러운 고집처럼 석청*처럼 모아둔 소중한 것을 꿈
꾸는 것처럼 아늑하고 달콤하게 숨겨진 꿀 같은 남
편 아득한

　나는 선사학의 주인공 아내가 되기는 이미 다 틀렸
다 나의 역사 이래 아내인 적이 없고 나는 여자 이래
남자의 여자인 적이 없었으니 완성을 소유로 해석하
기 시작하는 사람들을 다 배제하고 나를 이해하고 싶
은 여자였으니 아늑한 나의 남편 불가능하다 아직도
찾지 못했으니 더 아득한

　아득해지기까지는 대부분의 몽롱을 다 건너온 이후
의 일이었으니 쓰레받기에 쓸어 받듯 회고를 해보면

언젠가 너의 부정이 나의 긍정마저 부정할 때 나는
사라졌고 고개만 젓다가 너의 장애가 너의 불구를 북
돋울 때 나는 아찔했지만 그것은 퇴보이기만 했을까
우리의 장애가 너의 장점이 되길 네가 나의 단점을
버려주었던 것처럼 나는 너의 단점을 더 버리면서 나
를 기도했지 힘들어 짖지 마 그것은 시끄러워 짖지
마 다음의 더 개인적인 말들이었으니 결국 나는 다
묻었지 깊이 묻고 말았지 묻는 말들도 다 묻고 난 뒤
에 내 여자도 남자도 묻고 우리도 묻고 우리는 훨씬
더 까마아득하게 떨어져 궁금하거나 볼 수 없을 때
온도는 분명해진다는 것을 알게 되었지

　　그러나 거기서 한 발자국만 더 나가보면 둘은 달라
진다고 하는데 가능하다고 하는데
　　그러나 또 한 번 등을 보이고 나면 안과 밖의 거리
보다 너와 나는 멀고
　　음모가 하얘지고 나면 원천으로 향하는 여자 남자
다음의 사람

그러나 한 번씩 욕심나는 까마아득하게 아득한 남편

* 산속의 나무나 돌 사이에 벌이 모아둔 품질이 매우 좋은 꿀.

영향을 끼치는 사람

4인용 테이블의
세 자리를 비우고 밥을 먹는 한 사람 앞으로
당신은 비밀을 신고 오지
신지 않던 오래된 구두에는
더 오래전에 떠난 거미들의 집

어떤 날, 한 사람의 동작이 부자연스러워지고
전달되는 목소리들마다 겹소리로 들려오기 시작
할 때
어딘가에 한참 못 미친다는 한 사람의 생각들 사이로
부정적인 말에 민감한 아이가 툭, 돌을 집어 던지
는 것처럼
느닷없는 결과로 당신이 올 때
아, 이미 당신의 범주 안에 있었던 것이구나, 알게
되지
오래전부터 수묵 담채로 서서히 번져오던 당신의
그림자

여러 맛이 뒤섞여 있어 누가 최초의 당신이었는지
알 길이 없고
　어차피 도미노는 과정과 결과를 즐기는 놀이
　당신이 쓰러져 만들고 있는 사태가 확산되고 있다
고 해도
　누군가는 원인을 제공해야 하는 놀이를 당신이 하
고 있는 중이고
　하나의 덧니가 치열에 끼치는 영향보다는
　덧니의 주인들은 덧니를 좋아하지 않는다는 사실이
더 명백하지
　본연의 자세를 지녔던 본체 이후, 여러 색을 덧칠
하게 된
　그 후로 한 사람은 거짓말을 잘하는 신자를 하나
믿고 있지
　믿을 수 없기 때문에 섞인 것들은 감미롭지 않아
빠이빠이

　한 사람과 한없이 가까워지고도 한없이 멀어지면서

당신은 비밀을 신고 가지
아무도 모르게 누군가 미스터리 서클을 만들고 사
라지는 것처럼
그리고 시간의 간격을 달리하며 두 사람 혹은 세
사람이
한 사람 앞에 앉아 같은 표정을 짓는다면
알게 모르게 어떤 작용이 있었던 게 분명하지

우리

서로의 사기술은 우아하다

"화장을 안 한 너의 얼굴은 아이 같구나"
"나는 네가 짖는 게 참 좋아"

너는 몸의 근원이 심장이라 믿으며 왼쪽을 보호했
지만
모성의 방식이 모두 삭제되어도
나는 마음 없이 오른손으로 내게 죽을 먹이기도 해
그러니까 그건 정말 아프고 굶주린 나

너의 손은 어떤 글씨체를 갖게 될지 미정이었지만
나는 오블라토*에 먹기 싫은 종이 장미를 싸서
너를 위해 꿀꺽 삼킨 건조한 입이 된다
앞으로 축하해야 할 일들 때문이야

공감 능력이 뛰어난 사람과 손바닥을 마주치는 일
은 어땠지?

둘이서 하나의 입으로 앵두를 깨물어 터뜨리는 일
과 같았지
안녕, 터진 앵두들

너는 불결한 것이 정결한 것을 속인다고 말했지만
나는 그 반대의 상처가 더 깊다고 생각한다 그러니
나도 넣지 않으니 너도 넣지 마 왜 삽입은 흡입이 될
수 없는 걸까 너는 길어지지 않았기 때문에 나는 깊
어지는 법을 배우진 않았지 그 반대도 마찬가지 너도
나도 늘어난다는 것을 모르니까 너와 나는 짧았지 네
가 명료해질수록 나의 입술은 수축했지만 왜 관계는
꽃잎처럼 가벼울 수 없는 걸까 나는 한 번씩 너를 쏟
고 너는 내 꿈의 사막을 다 지나 내 피를 쏟으며 곧
너와 나는 작아진다 성별을 뒤바꾸며 우리 쪽으로

여기는 나의 집인데 누군가 다녀가면
버려진 채 남의 죄를 대신 짓고 있는 것만 같고
오늘은 지금인데 또 나의 너는 딴생각에 빠져 있구나

시간 배분을 잘못한 너와 나에게 오늘은 시간이 없다

우리는 홀몸이니까 듀엣이나 커플 테라피를 꿈꾸지
않았지만
너는 속살은 잘 무르지만 금방 회복된다고 속삭였고
나의 혈맥은 너보다 조금 복잡하고 예민하다

인공 달빛 조명 기구가 우리를 비추고 있지만
젖지 말자, 젖으면 더 외로워지니까
다만, 마지막으로 하고 싶은 말을 남기라 하면
오랫동안 나는 혼자였지만
"나는 너를 생략한 우리였다"

처음부터 나는 우리
우리는 한 팀
그러니까 덤벼보시지

* 먹기 힘든 쓴 약을 싸서 먹는 데 쓰는 녹말지.

개더링 드럼Gathering drum

개더링 드럼을 주문하고 택배로 혼자 받은 것은 오
류였다
모임이나 집회, 채집이 생각나 둘이 아닌 것이 떠
올랐으니까
설명서에는 '여럿이 함께 연주할 수 있는 타입'이
라고 적혀 있었다
여럿이 두드리며 강약 조절하기
속도를 다르게 두드리기
도구를 이용해서 두드리기
혼자의 손바닥은 두 개

의식과 관련된 인디언 놀이를 함께하라 하시면 아
마존으로 가겠어요 차라리 여인 부족을 따라 치난니
버섯*을 따라 가겠어요 탐스러운 육체를 탐하자, 라고
말하는 사람은 수려한 수렵風을 모르는 사람이지요
우물우물 맞은편에 앉아 먹고 있는 입이 노려보고 있
다면 지나서 나무의 영혼을 섬긴다는 야루보족의 숲
속으로 '통과하다'라고 말하는 순간 나는 강줄기의 아

랫부분 과거가 됩니다

　나는 그때 말하는 북을 말하고 있었어요
　통과하는 중이었지요
　어떤 날은 여러 장소에서
　레인 스틱으로 비를 부르는 연주를 하기도 했죠
　리듬을 즐길 수는 있었지만 리듬 주머니를 몸에 달
지는 못했어요
　그러므로 나는 소리는 나의 리듬이 아니라면서요
　내가 지금 개더링 드럼을 혼자 두드리는 것은
　통과하면서 외로워질 수도 있기 때문입니다
　함께한 행적, 지웁니다

　두드리고 부르면 천천히 스머드는 남은 빛의 조각들
　혼자 갖고 놀다
　물에 젖은 헝겊새 무겁,고요 날지는 못하,고요

　리듬 교육은 제 뺨을 후려치는 제 손바닥에서부터

시작해야 합니다, 교육을 시작하는 생의 싸늘한 손바
닥들, 붉은 손자국들

　　엄마의 목소리는 가장 인상적인 음악적 샘플이며
　　아빠의 목소리도 좋지만
　　엄마의 음역이 더욱 아이와 비슷하다지요
　　처음의 음색으로 노래 부르며 둥둥둥
　　가장 아끼는 것을 내줄 수 있을 때까지
　　개더링 드럼은 내가 혼자 두드릴 겁니다

　　함께 울어야 할 운명이므로
　　혼자 외로운 겁니다

* 아마존의 여인 부족인 야루보족이 여성의 본능을 억제시키고, 성욕
　을 다스리기 위해 먹는 버섯.

소년을 만드는 방법적 소녀

헤어지는 법을 모르는 소년을 찾고 있어 사랑하려고
사탕을 빨아 먹는 아이와 사탕을 깨물어 먹는 아이
에 대해 나는 다 알고 있거든

소녀는 말을 거의 하지 않는 줄무늬 티셔츠를 좋아
하던 아동이었다지 물감만을 바르지는 않겠어요 물의
속성으로 그대로 두세요 고운 색깔로 규정하기를 반
복하는 소녀들 속에서 빠져나와 소녀는 과거로 노래
한다 **아빠가 죽고 엄마가 죽고 나는 죽지 않고 잘도
자라네 행복의 뒤 페이지는 죽음 상냥한 친구들도 거
절할래 선물도 받지 않을래 기쁠 것도 없으니까 슬플
것도 없을 테지**

가리고 있는 바람의 파티션 너머에서 노래를 부르
고 있는 나약한 소녀를 꺼내라
소녀를 등장시키면 소년의 형태가 서서히 드러나
는 법
이미 절반의 소년 옆에서 느끼는 girl 돌보는 boy

를 만드는 것은 girl의 진리

숟가락 하나를 놓는 것은 끼니를 때우는 일 같지만 숟가락 두 개일 때는 화목한 식사로 보이기도 하니까 혼자가 싫은 소녀는 서둘러 소년을 만들어내려 한다 자칫 오차가 생겨 어색하고 부자연스러운 인색한 사람을 만들기도 하지만 소녀가 살고 있는 집의 적나라한 키친 앞에서는 어쩐지 벌거벗고 함께 먹는 소년을 완성할 수 있을 것 같기도 하다

좀더 세련된 터치 방식은 없는 거니? 어떤 날은 내가 너무 싫고 어떤 날은 내가 너무 좋아 소년은 어떨까 기분이 좋아져야 예쁜 목소리가 나오지 안녕, 그동안 즐거웠어 쉽게 손 흔드는 것들을 영원히 떠나려고 해

창문을 닫고 잠들어야 하는 cold wind의 계절이 오면 '보살펴주다'와 '따뜻하다'를 훔쳐 적어 소년과 함께 겨울잠에 들기 전에 소녀는 떠나온 소년들에게 엽

서를 띄우겠다고 한다 깊게 잠들기 전에 소녀는 완성
한 소년과 동물원에도 다녀오기로 약속한다 소년이
동물 그 자체 그런 형태 그런 무늬 그런 상태를 꿈꾸
기 전에 아담의 이브처럼 이브의 아담처럼 따 먹기
전의 태초의 마음처럼 조심스레 입으로 딸기를 옮기
듯 소년 소녀 풀어 헤친 앞가슴과 배꼽을 보이고 마
주 서 있어도 괜찮은 것처럼

　　이빨 상한다 살살 빨아서 천천히 녹여 먹으렴

　　사탕을 빨아 먹는 소년과 사탕을 깨물어 먹는 소년
이 자라
　　사랑을 빨아 먹는 남자와 사랑을 깨물어 먹는 남자
가 되는 것에 대해 생각하면
　　벌레가 먼저 먹은 잎사귀인 듯 끼어드는 것들이 먼
저 남긴 흔적이 더 먼저 보인다

　　사랑을 천천히 빨아 먹는 소년을 만들고 있어 오래

사랑하려고 나의 처음을 줄게 처음이 첫번째는 아니
야 너는 '무엇'을 줄 거니 '언제'를 줄 거니 아무것도
주지 않아도 돼 사실 나는 갖고 싶지는 않거든 소녀
는 원하는 소년을 만들고 서둘러 만드는 방법을 삭제
한다 소녀는 지워진다

몸에게 손으로 씁니다

아무리 그래도 아, 하면 아, 하고 오, 하면 오, 하고
너는 나를 아십니까? 잘 모르면서 받아 적는 것도
한계가 있지
우리 아는 얼굴입니까? 아무렇지 않게 베끼는 것도
그렇지
육감적이지만 지루한 밤의 필사
페이지가 페이지를 넘기고 페이지가 페이지를 더
이상 형용할 수도 없는데
잘못 도착한 편지는 누가 누구에게 보냈던 것일까
나는 당신이 되어 읽었으니 비슷한 형식으로 답장
한다

지난번에 보내신 편지에서 시간증(屍姦症)을 앓고 있
는 당신은 죽은 남자의 다 식은 체온에 욕망이 솟는다
고 썼죠 당신은 죽은 남자의 몸에 당신을 포갠 뒤 생
각한다고 했어요 **그 무엇이 살아 있는 자와 죽은 자의
관계보다 아름답지 않겠느냐고** 당신은 확인하기 위하
여 예측할 수 없는 이야기들을 몸에게 손으로 쓰고 소

리 내어 읽는다고 했죠 가능한 당신에게 불가능한 오
늘의 내가 전합니다

　머리를 긁적이며 얼마나 더 머쓱히 돌아가는 일을
겪어야 몸은 홀몸의 노래를 완전히 인정하게 되는 걸
까요? 벗고 따먹은 이후로 원죄의 차원인 나는 자원해
서 당신에게 편지를 쓰고 있습니다 반성하듯 마음에게
손으로 쓰는 것처럼요 사람과 사람의 관계를 몸이 몸
에게 하는 것이라고 말해버리고 나면 마음이 마음에게
할 때 몸이 마음에게 하고 마음이 몸에게 할 때 자꾸
어긋나 물러나 주춤거리게 되는 게 아닐까요?

　우리는 그랬죠 구구절절 설득을 하듯 나란히 누워
기다리며 껌을 씹었죠
　너는 딱딱 사랑은 혼자 못 해 사랑해
　나는 쩝쩝 고무 꽈리를 입에 넣고 내는 소리로 고
독은 둘이 못해 고독해
　조금만 더 기다렸으면 나를 읽었으면 쇠약해진 몸
의 뼈들도 다 보여줄 수 있었는데

꾸미는 동작을 멈추면서 걸쳤던 것을 모두 벗는 모
양으로 몸에게 열심히 쓸 수 있었는데 기다림이 짧아
닫고 난 뒤에 후회를 몸에게 손으로 씁니다 고독이
습관이 될 때까지 나는

배를 곯는 몸들 생각은 별로 없이 밤으로 숨어들어
또 서로를 베끼고 있을 것이고

남은 피로 쓰는 반성문

확답도 없는 곳으로 확고부동한 자세로 안간힘을
쓰면서 긴박하게 하루가 갑니다 지금은 서머룩을 입
고 얼굴을 돌리며 겨울을 향하여 가고 있는 시간입니
다 다음 건반으로 어떤 것을 누를 것인지 공기 속의
길고 짧은 죄의 손가락들이 망설이고 있습니다 나의
장소를 잠깐 들여다보고 다른 장소로 가는 것들을 위
하여 벌서고 있는 나는 기다려주기로 합니다

사유가 분명치 않지만 반성하라고 하시면 남은 손
가락 하나를 따서 붉게 쓸 수 있을 정도로 쓰겠습니다
관련된 모든 장소에 결근한 까닭, 결석과 다를 바
가 없었습니다 분명히 갈 수 없는 아침이 있었습니다
굳이 빨리 갈 이유도 없어서 빠른 기차는 타지 않
았고
입안의 사탕이 점점 작아질수록 곧 나를 데려다줄
것이라는 걸 안일하게 믿게 되었고

느리게 갈수록 더 독한 것에 취하게 되었으며 속도

를 내는 대신 불을 세게 사용하게 되었고 나의 책방
에서 당신이 잠들었을 때는 아무것도 읽히지 않았습
니다 "곁에 있으면 가까운 것 같은데 멀리 있으면 먼
것만 같아" 방패와 가시와 경계의 수단을 지우고 나
란히 누워보고 싶었던 적도 있었지만 "정말 먹을 게
하나도 없을 때 죽은 엄마가 생각나요" 나나가 말했
을 때도 죽음을 앞둔 사람들의 퀭한 눈은 짙었지만
미처 바라보지 못했습니다 나의 눈을 비춰보느라

맨발의 댄스 타임에는 당신이 겉옷을 벗겨도 좋았
겠습니다

나이가 들어서도 기본을 터득하기 못한 것을 사죄
하며 폐 끼치지 않고 해가 되지 않도록 살겠습니다
피 냄새가 몰려왔다가 사라지는 곳으로 소년과 남자
가 피곤하게 따라왔다가 돌아가고 있습니다 나는 보
낸 적이 없는데 가고 있습니다 보낸 적 없는 것을 깊
이 반성합니다 뜨겁고 붉은 것으로 쓰다 보니 사유가
분명해집니다 잘못했습니다 남은 피로 쓰겠습니다

남은 피로 쓰는 반성문 2

50.2 50.6 밥과 남은 혼으로 간신히 몸을 가누면서 하루에 세 번 먹으면서도 무게보다는 가벼움 쪽으로 몸을 돌리고 있습니다

그러므로 나는 손가락을 골라 하나를 땄습니다 목련을 멀미라고 치환하고 화려한 꽃들도 멀리하며 지내겠습니다 한 방울 두 방울 떨어지기 시작합니다 떨구지 않기 위해 하늘을 봐야 한다는 말은 틀렸습니다 고개를 숙여 마음의 증거로 흘리기라도 해야 했었다는 걸 깨닫습니다 눈물이 앞을 가린다는 말을 다시 이해하던 무렵이었습니다 앞머리가 눈을 가리는지도 모르고 지내던 그때 앞을 가리는 것들을 알게 되었습니다 흐르는 피를 재빨리 핥듯이 지는 꽃들을 핥고 당신의 몸 구석구석을 만지며 촛농보다 뜨거운 온도로 핥겠습니다 반성의 공통적 항목에 당신이 있기 때문입니다

구름 사이, 누가 누가 외줄을 팽팽하게 잡아당기고

있는 것일까요

구름과 구름일까요 바람과 바람일까요

누가 누구랑 누가 누구랑 둘이 되는 흔한 장면들
그러나 가느다란 침과 주삿바늘과 빳빳해진 성기는
다를 바가 없었습니다 이 모든 것이 이물질이었으니
나는 나와 다른 물질을 받아들이지 못하는 사람이었
습니다 무엇이 무엇이 똑같을까 좌심방 두 짝이 똑같
을까 우심방 두 짝이 꼭 맞을까 다른 생각을 하며 다
음의 계절로 생각 없는 사람에게로 가고 싶었던 것을
뉘우칩니다 무책임한 말을 고르며 가족 그림을 그리
지 않은 것을 반성합니다

연관 없이 무채색의 마음으로 낮게 읊조리듯이 걸
어 다니던 것도, 용서받을 수 없는 유기(遺棄)의 역
사를 몸 안에 지닌 것도, 피의 기록을 등지고 멀리 달
아나려 했던 것도, 모두 남은 피로 다시 쓰겠습니다
찢어버리지만 않는다면 소멸하지 않을 종이 위에 피

로 쓰고 최선의 씨앗을 최후의 내가 품겠습니다 큰
사람이 넓은 등을 내 쪽으로 내밀고 앉습니다 곁을
맴돌다 내게 등을 내주는 것은 또 당신인가요

　50.2　50.6　50.2 밥과 남은 혼으로 간신히 몸을
가누면서 당신의 밥은 ＋0.4kg으로 당신의 배설은
－0.4kg으로 기록되고 있는 날들입니다 가벼워진 당신
의 몸 위에 나는 이제부터 영원토록 죄의 기록을 시
작하겠습니다 아버지, 잘못했습니다 남은 피로 쓰겠
습니다 통회와 자복(自服)을 반복하며 암자색 피를
믿으며 벌 받겠습니다

통증

상냥한 앵무새와 나쁜 사람 조심해
다 늦게 누가 보낸 엽서인가요

처녀를 얻기 위해 꼬드기는 것처럼
아픈 곳에는 입맞춤을 해주세요

손 타지 않은 덜 여문 가슴을 내밀고
이대로 계속 걸어가겠어요

그리고 꽃과 별에 대해서라면

하혈을 '꽃' 으로
사정을 뒤척이던 '별' 로 쓰겠습니다

차이가 무엇이냐고 물으신다면

섹스가 악수인 사람

악수가 섹스인 사람

내가 아는 모든 슬픔은 그 차이에서 비롯된다

차이가 무엇이냐고 물으신다면 남자처럼 말고 아빠처럼 그러니까 둘 사이 나는 망설임의 주체 머뭇거림의 시초 그러니까 당신은 또 기다리다 지나가는 순간이더라고

'와'와 '과'처럼 악수를 해도 하양과 깜장 하양은 하양끼리 깜장은 깜장끼리 끼리끼리 시시덕거리다가 하양이 깜장에게 하얗게 속삭여보지만 깜장에 의해 하양은 깜장

죽은 아이를 낳고 놀라 똥을 싼 것처럼 망연히 바라보던 여자의 몸과 시간은 unbalance 나이가 든다

는 것은 괜찮던 것이 안 괜찮아지거나 안 괜찮던 것
이 괜찮아지는 것이라고 그것은 늙어가는 몸과 고집
에 관한 이야기가 되더라고

　냉장과 냉동과 안과 밖과 최초와 최후와 애초에 달
렸던 근본
　차선책과 최선책 사이에서 어떤 것의 다음 순서로
멈춰 있는 내 발끝을 내려다보면 한잠 자는 토끼를
등지고 거북이는 저만큼 자기 속도를 뛰어넘어 달려
가고 있더라고

　다시 시침과 분침과 초침이 훌쩍 멀리로 커다랗게
원을 그리면서 돌고 있으므로 차이가 무엇이냐고 물
으신다면 순서를 이해하지 못하므로 균열이 시작되고
서로 불가능하고 의도가 뒤틀릴 때 결과적으로 진동
후의 파열이 시작되더라고 그리고 어제와 오늘의 간
격을 모르도록 잠이 한번 지우면 일시와 영원의 길이
도 가늠할 수 없더라고

　나의 아침에도 당신의 밤, 굿모닝과 굿나잇과 나와
당신, 나와 당신과, 와, 과

　차이가 무엇이냐고 물으신다면 영향을 받는다는 것
은 지고 있는 것만 같을 때 영향을 끼치는 쪽으로 가
보려 해도 그쪽과는 다른 쪽에서 나는 저것보다는 이
것이더라고

느낌 氏가 오고 있다

의성어와 의태어 사이에서 머뭇거리는 소리의 몸짓, 몸짓의 소리로 존재하게 되는 순간이 있다 남겨지는 것과는 다른 이야기로 버림받는 느낌이 노련하게 한층 더 가혹할 때 결국 고독한 종들은 말이 과다하다는 것을 깨닫게 된다는 것을 분명히 느끼고 어떤 면을 맹신하며 밀착을 시도하게 된다 소모적으로

안시리움이라는 식물에서 함께 온도를 느끼던 무렵이었다 시리지 않은 느낌으로 몸의 발성을 설득하면서 내가 아니면 안 된다고 네가 울고 절대 너는 안 된다고 내가 울었다 완성하고자 했던 관계는 포함하려는 문장 쪽에서 늘 발을 빼곤 했으므로 지금 나는 느낌 氏를 믿기로 결심한다 더 늙고 가망 없어질 때까지 추억에 관한 이야기는 하지 않을 것이므로 몸의 부위로 말고 허공의 부위로의 나는 느낌 氏만 절대적으로 믿기로 하고

부르르 떨다가 순식간에 뒤집히는 세상의 외피 그리고 속살처럼 나의 1초 밖의 영원한 느낌 氏 부드럽

게 방만과 오만과 체념에게는 여러 색깔의 자극을 주
고 살려내고 손질하는 느낌 氏를 나는 좋아한다 아기
를 낳은 사람과 아기를 낳지 않은 사람으로 여자가
구분될 때 아직 모르는 느낌에 대하여 침묵할 때 순
서를 잃은 날짜들이 저마다 탯줄을 목에 감을 때 구
름의 가장자리가 붉은 십자가에 잠깐 찔릴 때 느닷없
이 손톱이 부러져 살이 드러날 때도 아픈 나도 느낌
氏를 만나는 것을 좋아한다 잎맥을 바라보다가 간결
하거나 간절하다는 것을 알아차리던 그 느낌은 어떻
게 표현될 수 있을까 그리하여 시간의 관다발은 기꺼
이 내게도 양분의 통로가 되어주고 있음을 느끼기 위
해 나는 느낌 氏를 만나러 가려고 길을 나서는데 느
낌 氏가 더 일찍 먼저 이쪽으로 출발했다고 한다

　　그러므로 느낌 氏가 오고 있다

　　첫정은 잇몸처럼 붉지만

　　절정은 언제나 멀리에 있으므로

126

III

겨울의 유목

춥지, 축적과 이동에 대해 고민하지 않은 탓이나니 동파는 예고된 이야기라 하사 너는 너로 인해 차가워지고 뜨거워질 것이니 어둠을 끄고 우두커니 앉아 있을 때 선명하게 보이게 될 천연색 슬픔의 선인장이로다 너는 너로 인해 따가워하다 부정해야 할 것이나니 파열도 당연한 이야기라 하사 입김이 뜨거운 천사들의 뒷바라지는 기대하지 말지어다 뒤의 반대인 너는 앞서 달려야 하는 윤기나는 운명의 흑마라 하사 본디 가혹할지어다

갈퀴여, 꼬리여, 채찍이여 서둘러 달리게 하사 회복하면 다시 시작하게 될 것이리니 숫자들을 손에 쥐고 매서운 날짜들을 주무르다 보면 스케이트를 타고 빙그르르 소년의 몸매를 가진 여자가 관련된 것들을 어루만져 이로 말미암아 총체적인 원을 그리게 될 날이 오리니 쪼그려 앉아 붉은 촛농처럼 오줌을 누게 될 그때 비로소 구멍 하나가 열리게 될 것이리니 그리하여 빙하를 뚫고 태초가 되고 곧 너의 숨통이 되

게 하사 여기 또 다시 눈의 마을을 고립이라 불러보
면 풀밭이 보이는 쪽으로 와디*를 찾아 워워, 겨울이
몹시 세차게 몰아가고 있나니 거처를 버리는 꽃의 입
술이 바람을 향해 열리게 될 날이 가까웠느니 영원히
떠도는 쪽이라 했나니

* 물이 없다가 비가 오면 물이 흐르는 골짜기. 사막 지방에 흔함.

그렇게 그려질 암각화(暗刻畵)*

명월(冥月)아, 내 주위를 네가 돌아라 어떤 박자도 나를 뛰게 하지 못하니 허허(虛虛), 나는 청천 벌판에서 죽도록 자전하겠다 하지 않았느냐 그러다 그것이 등대라면 따라가겠고 공중그네를 타고 발도 굴러 닿으리라 언젠가는 겹겹이 쌓인 흑암을 뚫고 색동 버선발로 뛰어오는 고운 동화(童畵)가 될 터이니 보였다 안 보였다 오늘은 안 보여도 내일은 보이는 어둠의 속임수 속에 세 살과 여든 사이에 빠지고 새로 나는 유치(乳齒)처럼 박혀 새기리라 도금된 월색처럼 빛나리라 명월아, 이제 나는 덫에 걸린 푸른 서약들 모두 풀고 바람의 구두 약속만 믿겠다 하지 않았느냐 나는 저 혼자 빙그르르 돌다 지루한 음풍농월의 끝에 서야 새겨질 문양이니 그리하여 먼 그때 그렇게 그려질 보일 듯 말 듯 그렇게 그려질 암각화이니

* 2005년에 발매된 밴드 레드로우의 첫번째 앨범에 수록된 헌시.

문제적 화자

화자 언니는 왜 죽었을까

열심히 하는 중이라서 털을 곤두세운 래빗
헝클어져도 잠들어 있는 내 빗

느리게 가는 것은 거북이지
딱, 버티고 서서 가지 않는 거북스레

두 해에 초 하나는 안 될까 그런 셈으로는 열아홉
후한 거래상을 만나면 네 해에 한 개도 가능할지
몰라

나는 홈-스쿨인데 매일의 해답을 필요로 하는 물
음인데 뒷걸음치면서 오늘 흐지부지 문제를 덮어버리
고 가면 내일 소식불통인데 잘근잘근 나를 분할하는
물음들과 유사한 경험들 나만의 것이 아니겠지

화자의 콧구멍에 혀를 밀어 넣으려는 문제 많은 사

람이 둘 있었다 사랑이라고 했다 그곳은 화자의 영역, 그렇게 침범하는 건 아니지 숨을 쉬려고 입을 열었으나 말하는 화자는 아니었다 크고 무거운 궁둥이를 가진 화자가 열매를 믿던 어느 날 날쌔게 석류알을 한 줌 훔쳐 입에 털어 넣고 뛰던 일도 있었지만 열매에 관해 한마디도 하지 못했던 건 중대한 화자의 문제, 내다 버린 언니의 사체가 다 식을 때까지 읽히지 않는 메뉴판을 펴놓고 앉아 있던 고집도 문제, 꽃이 되고 싶다던 언니에게 화자는 문제, 거추장스러운 청각을 주렁주렁 달고도 듣지 않는 화자를 언니는 묵인했지만 그건 궁극적으로 화자의 문제였지 과거이긴 하지만 우는 아이를 자루에 담아 남의 집 대문 앞에 두고 사라지는 화자의 엄마들처럼, 화자가 소실(消失)의 미덕을 일찍 알고 있던 것도 문제라고들 해 벗어 둔 허물을 그리워하다 또 껴입고 가는 게 문제라고, 화자가 잃어버린 가방은 주인에게 소용없듯 누군가는 발견하겠지

빨간 칸나를 먹으면 빨간 똥을 누는 달팽이
얼음에 박혀서 맴돌지 않는 달과 팽이, 나의 속성
달에서는 체중이 6분의 1이라는데 무거운 내가 문
제라는데 친족들이 몰표를 주고 논의해야 할 사항이
라고들 하지만 강아지는 내 문제의 친구이고 문제를
이해할 때까지 답을 구하고 있을 테지 심혈을 기울인
다는 말은 쉽게 하는 게 아니니까 참자 평균을 벗어
나는 것이 문제니까 공식은 없으므로 나는 손 들고
섰고 문들아, 머리 들라, 찬송하는 하얗게 굳은 화자
의 석고

화자 언니는 왜 죽었을까 문제적 화자 때문인가

위아래로 쏟으며 냄새를 맡으면서
화자가 언니 손을 잡고 가고 싶었던 곳은
누드주의자 마을인지도 몰라
늦게 벗는 인간이라 문제라고 합디다만
원래 늦되는 아이라 다루기 힘들었다고 합디다만

없는 주제에 눈동자를 굴리며 침묵을 지키면
창조적인 인간으로 보일 때도 있다고 합디다만
코코코, 문제의 납작코를 더 두드리는 화자는 참
나쁜 손가락이었다고 합디다만

학교에 가본 적 없는 아이들이
나무그늘학교로 모여듭니다 한 자리 비워둡니다
작은 의자에, 이제는, 나를, 앉힐 수도 있는데,

꽃씨 있습니다 화자를 위해 언니가 나눠드립니다

烈*이 노래한다

무책임한 음울의 오선지, 어느 날 그 위의 음표들
은 사람을 죽일 수도 있다고 중얼거리다가 잠이 들고
일어나자마자 부산스레 잠의 행적을 기억해내 꿈 일
기를 썼지만 어둠에도 봄이 오면 경건 일기를 쓰겠다
고 다짐하던 때 뒤집어쓰고 잠들 푸른 치마에 집착하
던 내게로 출렁이며 닿았던 그날의 자장가

'전부인 하나를 위해 나머지 전부를 포기한 숭고한
실패자를 위한 사운드트랙'

고음과 저음은 분명하게 구분되어 있는데 아래쪽에
서 읊조리고 순하고도 세차다

나의 심장은 위에서 뛰지만 목소리에 목말을 타고
저음부를 함께 흐르면 평안해지고

갈수록 필요를 모두 다 걸고서 머지않아 불필요가
더 자연스러워질 것만 같아 감사 기도를 하게도 되지

부디 아닌 것들로 향하는 마음들을 놓게 하여주시
고 일방적인 해석에 능통한 고집은 뒤로 하게 하여주
시고 '치우치다'의 반대말로 존재하게 만드소서 나는

항복의 순간에도 두 손 두 발 다 들지는 않을 것이라
는 오만한 결심으로 살아왔으니 오해의 말로 남은 나
를 흔들어 섞어주소서 채우고 다스리고 더 만지소서

　음악이 시간에 상관하고 나와 관계해 일치하는 순
간 지나갔다고 믿었던 음성들이 가까워지다가 다시
지나가고 두 손을 꼭 잡고 울던 너도 완전히 지나가고
아쉬울 게 없다는 말이 체념에서 의욕으로 일어서고
　일희일비의 공식을 순순히 받아들이게 하는
　줄기차게 세차다 쬀이 노래한다

　눈, 코가 입이 귀가 막히는 진공의 어둠 속에서도
아픈 부위를 어루만지는 저음의 자장가
　아침이 올 때까지 자장, 자장, 어떤 애인도 이렇게
재워주지는 못할 것이다

* 자극과 위로의 타이밍을 꿰뚫고 있는 듯한 싱어송라이터 이승열.

부정적인 그 사람이

'얼마나 그리우면 꽃이 됐나' 가사를 듣다가 지고 있는 이파리들을 몸에서 뚝뚝 떼어내며 흐르는 피의 노래로 개사하면서도 혼자인 것이 싫지는 않다고 말하는 그 사람을 알고 있다 방문객의 칫솔을 보관해주는 일에 대하여 다시 오지 않더라도 기억해주는 것을 좋아하면서도 아니라고 싶으면서도 아니라고 고개 젓는 사람, 자기 앞의 사람은 불안을 자극하기만 하니까 사람으로부터 멀리 가고 있으면서도 아니라고 부정하는 사람, 아니라고 그렇지 않다고 그리움도 사랑도 꽃이 아니라고 당신들은 추억도 되지 못할 거면서 자극적인 것을 갖고 싶어 하는 것이라고 나는 아니라고 말하는 사람, 틈이 많은 집에 살고 있으면서도 젖어들거나 스며드는 것은 쏟아지는 것들이 많아서가 아니라고 건조하게 말하는 것이다

이별의 노래를 먼저 암송하고 시작한 사랑이 있긴 있었지만 그 사람이 부정했다 시작하는 사랑에 익숙한 게 아니냐고 상대에게 따져 물으면서 결국 사랑이

아니라고 한때 돌아가고 싶기도 했지만 그럴 수는 없
다고 불가능한 것만 믿으면서 뒷걸음질 치는 그 사람

　가장 꼭대기에서 보면 저마다의 우리 사랑은 구름
위의 난교일 거라고 짐작하면서도 너만은 아닐 거라
고 믿으면서 믿고 싶어 하면서도 내내 달콤한 말을
하지 않는 것이 아니라 못 하는 것이라는 것은 좀 이
해해주길 바라기도 했지만 끝까지 아니라고 못 한다
고 아무것도 쉽게 정할 수 없었지만 부정적인 것들
박힌 채 잘 빠지지 않았지만

　그 사람이 오래도록 굴러떨어진다 떨어지면서 부정
적인 그 사람이 긍정하기 시작한다 돌 계단이나 철
계단이 아니었다는 것을 다행으로 여기며 나무 계단
에서 굴러떨어진 그 사람이 머리에서 피를 쏟고 있으
면서도 그래도 다행이라고 감사해하면서 피 묻은 손
을 들어 손짓하면서 찢어진 입술을 움직이면서 사실
은 모두 다 아닌 게 아니었다고 끄덕거리면서

때문에 꽃이 될래 꽃 필래

나의 전체인 지붕 위에 떨어진 씨앗 하나

때문에 당신이 어떤 성기를 갖고 있든 배고픔의 원
천이 무엇이든 무슨 색이든 나는 당신의 바지, 치마,
속, 모양이나 사정에 대해 궁금하지 않기 때문에 상
상하지는 않겠습니다 피우겠습니다

몸이 씨앗을 삼킨 만큼 몸이 꽃 피울 수 있다는 주
문을 걸고 홀연히 사라진 당신 때문에 나는 망연히
허공을 주무르고 과일의 씨에 탐닉합니다 한 알도 버
리지 못합니다

날개 달린 신발의 최초의 주인 '헤르메스'
날개 달린 신발의 최상의 주인 '높게 피는'
에고의 삼파전 후에 피는 꽃이 될래 꽃 필래

쉬운 쪽과 어려운 쪽 때문에 모두 피우는 꽃이 될
래 꽃 필래 유리한 것을 찾아 떠나기만 하는 사람 때

문에 남아서 꽃이 될래 꽃 필래 사람을 나르고 짐을
나르는 역마, 근거 없는 부랑 때문에 뿌리 있는 꽃이
될래 꽃 필래 너무 외로운 사람이 귀신을 만들어 만
나기 때문에 서둘러 오고 있는 영면 때문에 이제는 꽃
이 될래 꽃 필래 흥부의 박씨와 완두콩 오형제와 잭
과 콩나무 때문에 희망 때문에 죽은 씨앗도 화분에
심는 계절 때문에 한 번쯤 꽃이 될래 꽃 필래

나의 일부인 복잡한 머리 위에 떨어진 씨앗 하나

때문에 출산 전의 일은 모두 시시하다고 여배우가
말했고 나는 두번째 만삭을 견디고 있는 두 명의 여자
를 보았기 때문에 순전히 때문에 꽃이 될래 꽃 필래

당신의 주문, 달리다굼*

딸기꽃을 그리라고 하시면서 흰 종이를 주셨습니다

안 좋은 젖만 먹고 자란 아이가 빈 젖만 빨던 아이에게 불평을 늘어놓기 시작할 때 찢어진 밤의 원피스를 걸치고 소녀가 왔다가 젖은 머리로 또 간다기에 머리를 말려주었습니다 소녀는 내 침대에서 잠깐 잔 것뿐인데 당신이 주문을 외우기 시작합니다 내가 네게 말하노니 소녀야 일어나라

흰 종이를 준 당신이세요?

어린이날 어린이를 남겨두고 죽은 아버지는 아버지의 어린이는 하늘나라 아버지의 마당으로 솜사탕을 만지러 가고 있었답니다 삶과 죽음 어느 쪽이 포근할지는 모를 일이지만 죽은 아버지의 어린이는 눈 뜨지 못한 강아지처럼 젖꼭지를 찾아 깊이 파고들고 있었답니다 죽은 아버지의 어린이의 엄마처럼 구름 뒤에서 오월의 글썽 여왕은 눈을 번쩍 뜨고 머리를 오래 쓰다듬어주었답니다

달리다쿰, 달리다쿰 천상의 조리개가 만들어주는
물의 곡선 아래서 소녀가 흑달의 얼굴로 눈을 뜨면서
옷을 벗고 서 있었습니다 몸을 씻겨주는 손들, 위로
의 체감을 위해 소녀를 적시고 당신이 씻겨주셨습니
다 너무 광택이 심한 구두는 너무 말한다고도 하셨지
요 소녀는 얼굴을 비춰보다가 알게 되었겠지요 달리
다쿰, 소녀는 일어나 걷고 나는 딸기꽃을 그려야 하
는데 달리다쿰, 당신의 주문을 들으며 자고 있는 나
의 모든 소녀는 곧 깨어난다고 믿고 있는 것뿐인데
죽었나, 달리다쿰, 살아나, 소녀의 가정교사, 나의 영
원한 배역입니다

딸기꽃을 그리라고 하시면서 흰 종이를 주셨습니다
딸기꽃은 흰색입니다
더 이상 비책, 없습니다
기도의 주문을 외우는 수밖에

* 마가복음 5장 41절. '소녀야 일어나라'라는 뜻.

상상통(想像痛)

골몰의 허무라 하겠다

긍정적 숲의 탄력으로 도움닫기 하듯 높이 날아오
르는 새들을

슬쩍 밀치듯 떨어뜨리는 것이라 하겠다

부드러운 사교 가벼운 친교도 불가능할 때이기도
하지

모든 걸 걸게 되리라는 걸 미리 알고 있기 때문이야

하루가 모여 하나의 습성을 만들어내고 길들여질
때는 배회 중에 스친 사람들을 생각해 기억하지 않는
사실을 생각하면 조금 나아지니까

어디로 가는 것이 떠나는 것이고 어디로 오는 것이
돌아오는 것인지 불분명한 위치라 하겠다 지금은

부정적인 말들은 오래 남고

부정하고자 했던 것들 날카롭게 나의 위치에 끝을
세우고 찌르는 데도 둔감해져 점점 시시해지는 것이
라 하겠다 아픔이 닳고 닳아 새로워져야 할 때라고
하겠다

그래서 나의 눈동자는 흘러가는 미운 얼굴만 골라

보고 더 아프고 싶었나 봐

　저 먼 하늘의 눈동자는 초점 없이 이동하는 노란 달동자라고 하겠다

　하나를 보내면 하나가 오고 하나가 가면 하나를 지우고

　생채기의 일부가 전체가 되어갈 때를 미리 알고 두렵기 때문이야

　작은 일과 큰일 중에 어떤 일이 어떻게 작용하여 형국이 달라질 것인가

　모르고 반대로 내린 결정이었을 때 반드시 찾아올 것 같은 痛이라고 할 수 있겠다

　보나 마나 하나 마나 나는 상상하는 나에게 같은 결과일 거라는 걸 알면서도 또 그렇게 앓고 있을 거야?

　마음이 콩밭에 가 있는 사람에게 농락당한 것처럼 쏜살같이 바람이 대못들을 데려와 취약한 중심을 찾아 꽂는 치명적인 시간 같다고 하겠다 그리고 화살이

뚫을 때처럼 기다림은 가장 짧고 제일 아프게, 처럼

　누구여도 상관없지만 누구라도 안 될 때가 있고 어
떤 것이든 무방하지만 어떤 것으로도 무리일 때가 있
고 무엇이라도 괜찮지만 무엇으로도 허용할 수 없는
때가 있듯이

　깊어지는 골몰이라 하겠다
　갈수록 피골의 상접이라 하겠다
　피고름이 배어 나오는 저 깊어지는 음각의 시간이
라 하겠다

　그리고 새들이 운다, 라고 쓰지 않기로
　운다는 새들 울고만 있어 봄이 아니라 痛으로 들리
기 때문이라고 하겠다
　결과적으로 허무한 골몰의 깊이를 조금씩 이해하던
무렵이라고 하겠다

그때

고주파의 정교한 노래를 부르며 혹등고래가 열대로 이동해서 새끼를 낳을 때 땅따먹기를 하던 이쪽의 아이가 저쪽의 아이에게 많이 잃을 때 우는 엄마를 처음 지켜보는 아이의 눈동자가 커질 때 긴 머리 여자가 돌아오는 길에 커트를 결심할 때 한 남자가 찌그러진 구두코를 빼느라 바위 위에 걸터앉을 때 밀접하던 X의 Y가 X의 손을 힘겹게 놓았을 때 불 켜진 병동마다 고통이 완창(完唱)의 막바지를 향해 고음으로 지속될 때 '아프다'를 교감하는 데 십 년도 넘을 것 같은 사람을 포기하고 혼자가 될 때 한 번의 블리자드가 기억을 망각 쪽으로 휘휘 몰아갈 때 그리하여 피해 의식이 밤새 잠재적 가해자들의 숫자를 세던 날들이 희미해질 때 그래도 간혹 멸치 상자에서 발견되는 꼴뚜기처럼 뒤적거리면 올라올 때 아코디언 도어처럼 접었다 폈다 종일 가렸다 보였다 지웠다 희미해졌다 반복될 때 그리고 또 밀담처럼 많은 관계들이 걸고 약속할 때 이소라가 비극 쪽으로 조금 더 기울어져 황급히 적고 있을 때 김동률의 음표들이 최적의

배열을 위해 오선지를 비웠다 채웠다 할 때 끝까지
휘몰아쳐 완전히 놓아버리게 만드는 음악들이 만들어
지고 있을 때 인정할 건 인정하라는 말이 안정이 될
수도 있다는 것에 끄덕거리게 될 때 내 쪽의 예각이
직각을 지나 둔각으로 펼쳐져 하루쯤 大자로 늘어져
오그라들었던 두 손을 펴고 잠들 수 있을 때 호흡을
되찾아 규칙과 목표가 다시 생겨나기 시작할 때

세상만사 희로애락의 화음 속으로 남녀노소가 모두
제 몫을 걸고 있을 때 자신을 살아갈 때

그때, 공허의 공포와 한참을 싸우고 겁먹고 작아진
내가 다시 숟가락으로 밥을 크게 뜨던 때
그때, 소수점 이하로 절망들이 굴러떨어지던 때
그때, 물렁물렁해진 불안은 아무것도 아니라는 생
각을 처음으로 하게 되었던 때
그래, 이후로 그때그때마다 그때처럼 살 수만 있었
더라면

그때, 회고로밖에 말할 수 없는
그때, 온갖 반성을 몰고 오는

리바운드

"당신의 걱정에 맞도록 100% 수작업으로 만들어
요!"

Don't Worry Company에서 Worry Dolls 다섯 개에
만 원

주문 제작 상품이므로 반품 불가

애, 나는 걱정스럽게 엉뚱한 배색을 원해 애, 그런
손들이 있나 봐 뭐든 만들어야 하는 거야 과잉은 결
국, 보호와 사랑의 형식을 완성하기도 하지만 결핍은
어떻고? 아빠 같은 남자가 필요한 여자와 엄마 같은
여자가 필요한 남자가 다시, 아빠 같은 남자가 필요
한 여자의 걱정과 다시, 엄마 같은 여자가 필요한 남
자의 걱정과 그러니까 엄마가 되지 못하는 여자와 아
빠가 되지 못하는 남자와 되지 못한 **엄마아빠**와 되지
못한 **여자남자**와 그 모양으로 되지 못한 것들과 같은
모양으로 걱정인형을

빛나는 것들을 괜히 더 바라보다가 더 어두워질 때

안에서 잠그고 밖에서 잠근 것처럼 나갈 수 없을 때
무엇이 막고 있었던 것일까

　반복적으로 악몽이 예시일 때는 단조의 음악에만
귀가 열리고
　혼자 걷는 동안 길 위에서 더 혼자서 느껴서 나는
충분하고 훨씬 더
　자신의 무게보다 가볍게 걸어가는 것은 어렵다는
걸 알게 되었을 때 가장 어울리는 격정의 발성으로
한 세트 주문했어

　스스로 넘어서기는 쉽지 않지 항상 때문에 때문이
지 하지만 밤에도 낮에도 때문에 때문에 살아 있기라
도 해 때문에 때문에 튕겨 나가는 순간마다 전환에
맡길 때가 많지만 그때 빙그르르, 소유의 둥근 테이
블을 돌리며 더 많이 버려야 한다는 걸 알아 그리고
느낌표를 열 개쯤 싸서 보내고 싶어지는 날이 올 때
까지 튕겨나가다가 이런 문장을 쓸 거야 염원은 각오

를 각오하게 한다

그런데 이상해, 내 병아리가 죽으려고 해 다리가
구부러져 굳어가고 있어
걱정 마, 백열전구를 하나 넣어줘 추운 거야
그나저나 내 걱정인형은 얼마나 만들었대? 반품은
안 된다고 했지?
응, 그건 너의 걱정이니까 네가 맡기려는 너의 것
이니까

이제 안녕, 루시퍼

1

타인의 피를 빨기 위해 울타리를 치고 너는 도모했
다 피 흐르는 텃밭에 단풍 든 손처럼 아가들의 잘린
손이 여럿 있었다 너는 뾰족한 성을 쌓았다가 허물어
버리는 까다로운 것이었으며 어차피 완성은 보이지
않는 마지막 블록 하나를 상실한 미완성의 건축이라
는 사실을 일찍부터 알고 있었다 나는 한 번씩 머리
를 잘라낼 때의 각오로 맞서면서 혼자 여기까지 왔다
루시퍼 너는 아느냐 꺾인 발목을 반대쪽으로 한 번
더 꺾는 왕성한 힘으로 네가 나를 꺾을 때 내 몫의 기
다림을 배우는 동안 가장 쉬운 일은 너와의 시간을
분리하던 잠깐의 잠이었고 너는 다섯 살 어린아이의
입을 통해 내 입의 잠꼬대로 말하기도 했다 "한쪽 굽
이 떨어져 나간 빨간 하이힐을 신고 붉은 루주를 바를
거야 뒤뚱거릴 거야 나는 엄마를 취소할 거야" 루시퍼
그건 내가 아니었지 너였지 침체와 나태를 살아갈 때
도 그건 내가 산 것이 아니라 네가 산 것이지 이제 기

필코 네가 아니라 내가 살아야 할 것이다

　아이의 눈썹 아래 깊고 어두운 그늘이 깜빡거릴 때 나는 그것도 너라는 것을 알고 있었다 루시퍼 내가 하나씩 배우고 걷기를 시작할 때마다 너는 지웠다 네가 어제의 걸음마를 지울 때마다 오늘의 나는 어제에 머물렀을 것 같으냐 네가 도모할 때 나는 각오했고 네가 각오할 때 나는 백방으로 모색했다 잠잠하게 그러나 팽팽하게

2

　루시퍼 너는 사랑에도 부정적으로 개입했다 다른 사람을 염두에 두고 있는 사람이 아닐까 의심에서 내 사랑이 시작되었을 때 그쪽에 구애하고 있으면서 내게도 사랑이 임하리라 믿느냐고 나의 얇은 귀에 지껄였다 그게 괴롭히는 일이라는 걸 넌 알고 있었겠지만 견디기 힘들 때는 생각한다 다음의 것은 좀 쉬워지겠

구나 가벼워질 수 있겠구나 믿었다 무작정을 속삭이
는 사랑을 나는 좋아하지 않았지만 그러나 네가 의심
할 때도 나는 새로운 동선을 만들면서 그를 데리고
역동적으로 떠도는 사랑으로 관리하고 있었다는 것을
간직하고 있었다는 것을 너는 모르고 나는 안다 끌어
당기는 만큼 온다는 진리를
　밀어내는 만큼 신비로울 수 있다는 것을 포기하고
난 후였다

　　3

　루시퍼 너는 오래전에 천사였다 너는 내가 나의 추
한 얼굴을 보게 될 때 조금 가려주었으며 내가 넘어
진 것들을 일으켜 세워주지 않고 혼자 가는 법을 익
힐 때도 너는 넘어진 내게 손을 내미는 천사였다 너
는 곱고 부드러운 결들을 쓰다듬으며 좋은 소식을 재
빠르게 탐지해서 보고하는 임무에 책임을 다하며 걸

었다 너는 나를 정탐하는 존재가 아니었고 너는 날개
를 펴는 착한 천사였다 루시퍼 너는 희로애락을 충실
히 겪고 그제야 느끼는 일에 대해 가르쳐주기도 했다
그리하여 감정의 증폭 그런 순간에 올 것이 오며 그
때 오는 것은 더 확실한 것일지도 모른다고 귀띔해주
었고 어쩌면 운 좋게 오지 않을 것 같던 것도 도착할
지 모른다고 가르쳐주었다 너는 내게 깊고 신중한 귀
와 꿈꾸는 손에 대해 조언하기도 했고 나는 한때 갖
게 되었다 둥글고 밝은 것이었다

4

　루시퍼 모르고 너를 기다리던 날들 대신 너의 날을
지워갈 것이며 변모할 나의 날에는 만나지 않을 것이
니 그만 놔줘 루시퍼 나에 대한 나의 심판의 끝에는
다 떠나갈지어다 네가 피 뿌리던 너의 텃밭에서 잘린
아가들의 손이 모조리 네게로 달라붙어 나의 너를 데

리고 떠나갈지어다 네가 함부로 만든 불타는 감옥은
곧 무너질 모형이었다는 것을 너의 나는 알고 있었으
므로 나의 너는 이제 안녕, 루시퍼

섬세한 말

달걀 속껍질이 혀에 달라붙어 떼어내려는 모양입
니다
두 번 버림받은 소년이 혀를 내밀고 있습니다
살구나무와 사과나무를 깎아 만든 회초리들
의기소침 속에서 가녀린 대답들이 뒤늦게 들려옵
니다

잠의 방향을 동쪽과 남쪽으로 해야 편안해지는 모
양입니다
시간의 각도와 상세히 관계 맺는 그녀를
밤이 안고 잠들었습니다
신체 활동의 질서들이 꿈결같이 눕고 있습니다
소란스러운 춤을 사양하면 한결 가벼워지기도 합
니다
소년의 너무 늦은 자장가를 나눠 듣고 있습니다

사람이 떠나는 말의 페이지를 펴놓고 잠들어 있는
한 남자

좋은 말을 못할 바에는 아무 말 안 하는 게 낫다*는
말을 믿긴 믿었는데
　오랫동안 홀로 새우잠인 모양입니다
　소년은 그를 내려다보고 있습니다
　길을 잃었나 봐 엄마가 보고 싶대

　여자라는 말 남자라는 말 아이라는 말 어른이라는
말 좋다는 말 싫다는 말 연하다는 말 진하다는 말 선
하다는 말 악하다는 말 부드럽다는 말 거칠다는 말
달콤하다는 말 쓰다는 말 중간에 틈에 끼워둔 아무도
펴보지 않던 '달보드레하다'라는 말을 찾아 읽고

　거칠었던 팔꿈치의 반대쪽에서 소년은 섬세해지고
　세심하다는 말들이 소년이 읽은 페이지 속에서
　그들을 주의 깊게 배려하기도 하는 세밀화 모양입
니다
　이 모두가 언젠가 누군가에게 들었던 말 덕분입니다

두 번 버림받은 소년이 입을 오므렸다가
천천히 벌리고 있습니다
고여 있던 침으로 풍선을 만들어보려는 모양입니다
아, 말을 하려는 모양입니다
비슷하지만 온도가 다른 말들을
세련되게 구별하고 분류해보기로 한 모양입니다

벤치에 나란히 앉은 노부부가 손을 잡고 있는 모양
입니다
두 사람은 말없이
사탕을 오물거리고 있습니다
달콤한 모양입니다

* 애니메이션 「밤비」에서 산토끼 아줌마가 한 말.

받으라 최근의 소식으로

"살아 있다는 걸 느끼는 한 되는 대로 살아보라고 하셨죠?"* 쉽지 않지만 또 왈츠는 스타카토로 들려오기 시작하니 우리의 복장은 어떠해야 할까 만물이 봄과 상의하기 시작하였으니 가망 없는 것들이 소생하는 이야기로 나를 받으라 굴곡은 음영으로 완성되니 잠자코 오늘이 지금 띄우는 나를 받으라 그리고 화목의 응답은 훗날 띄우라 부디 혼자가 아닐 그때 띄우라 들려주려고 꽃의 심장을 동봉한 당신은 누구였는가 어제의 나는 최초로 돌아가기 전의 부질없는 모든 일이었으니 지우고 받으라 두근거리다 누구의 주머니로 잘못 들어가 다 식은 나의 심장을 곧바로 회수하여 내게로 띄우고 나를 받으라 최근의 소식으로

* 영화 「프라임 러브」에서.

봄과

나무 위에 배고픈 새 한 마리 날아와 앉아 아낌없
이 쪼아대고 있습니다 아낌없이 주는 나무 곁에 여자
하나 걸어와 앉아 찢긴 손등을 더 문지르고 있습니다
지울 수 없는 나비 문신

아랑곳하지 않는 봄의 탭댄스 바람의 상들리에

나무에게 소년 하나 걸어와 앉아 낮과 밤을 연주해
보고 있습니다 혼자는 무섭지만 소속되는 악기는 싫
습니다 별의 옥외 정원을 거닐며 밤의 솔로 악기가
되고 싶던 소년이 여자에게 전합니다

'대개 가게를 겸하는 마법사는 맛있는 별따먹자 과
자를 팔아요 맛있는 기대 같지 않아요? 계속 프리기
아 모자에 깊이 넣은 손을 휘젓고만 있나요 정말 행
복한 표정으로 바라볼 때 아랫입술을 지그시 물고 있
던 당신의 그 여자를 꺼내봐요 내가 봤던 그 여자, 다
시 순간의 흰 비둘기처럼'

새도 여자도 소년도
새와 여자와 소년과
봄과 탭댄스 바람과 샹들리에

그리고 한없이 초라한 색을 즐겨 사용하던 겨울의
하복부가 초록을 꿈틀거리기 시작합니다 봄과 새와
여자와 소년과

너는 아직 아니다: 포기를 포기하라는 말씀
새와 여자와 소년과 다 듣고 있는 봄의 귀와
모두가
제자리로 돌아가려고 움직이기 시작합니다

파란 나라

피는 삼 일 쏟아지고 멈춰 점점 짧아져 더는 붉을
수도 없을 것 같은 불안의 색감에 휩싸여 아끼던 표
정 하나를 더 잃어버리는 일이 노쇠였을까 경멸의 눈
빛에는 어떤 것이 남아 있을까 몇 가지 종류일까 얼
마나 더 반응하고 대응하듯 배워야 할까

너는 나와 너의 중간에 선 채 나를 향하지도 너를
향하지도 않고 있는데 나는 너를 기다리고 있나 나를
기다리고 있나 하늘을 올려다보는 오늘 아침의 정서
는 길고 긴 눈물의 시기 언제부터인가 나는 주로 파
란 쪽을 주시한다 친구가 가면 친구가 오는 것처럼
원할 때 원하는 장면처럼 필요할 때 필요한 사람처럼
이른 아침 꽃을 사러 가는 발걸음으로 화원에 갔다가
돌아오는 희망처럼

인산인해는 한 사람을 더 외롭게 하지만
오늘은 후각에 의지하며 검은 바탕에 파란 향

안개를 꽃이라 부르던 사람 의도를 지우는 바람
어렴풋하게 아련하다 아련하게 어렴풋하다
어제를 지울수록 수월해지는 것들

좋은 냄새가 났으면 좋겠어 나고 싶어 싹 나고 싹
다 낫고 싶어 내가 맡는 나의 냄새 다른 이에게도 안
좋을까 봐 피하려 하다가 나는 파란 나라의 파란 쪽
의 평안과 파란 향을 소유하는 방법에 대해 더듬더듬
말을 시작하고 나를 두번째 나에게 인수인계하면 넘
겨받고 넘겨주는 일이 한 단계 넘고 또 넘는 일 같기
도 하고

파란 나라 다 낡고 오래된 주어가 아직 삭지도 않
을 때 꿈꾸는 파란 나라 그 나라의 오늘 아침의 정서
는 누군가 말갛게 닦아준 안경처럼 선명할 것만 같고
파란 나라 너와 나의 약한 부분으로 인해 우리의 장
점을 만들어내는 나라 한껏 어긋난 후에야 보이는

물의 당김음

호수 위에 떨어진 깃털 하나
누구의 것일까요?

너머의 무게보다 가볍군요
눈으로 보는 소리 같기도 하네요

끌어당기는 깃털 하나
어느 새의 상실일까요?

물결과 손잡은 바람이 노를 젓고 있으니
분명히 잃어버린 새가 조금씩 이동하고 있는 셈이
지요

같이 물의 호흡을 느끼는 당신은
뜨거움과 축축함을 경험한
때 묻지 않은 사람일 확률에
젖은 나의 것, 90% 걸겠습니다
마르지 않은 이불을 덮고 자는 것보다

눈물샘으로 일찍 이해한 사람 맞습니다
10%는 알쏭달쏭 혹시 모를 여운입니다

새는 저도 모르는 사이
홀연히 깃털 하나 띄워놓고
또 어디쯤으로 떠나고 있을까요?

"또 급하게 마셨구나"
"목이 메는 모양이구나"

호수 위에 떨어진 깃털 한 잎
그 누구의 배려일까요?

호수에 입을 대고
천천히 마시면서
끌어당기면 끌려가볼 참입니다

다음의 감정

괄호 속에 웅크리고 있는 이런 감정
병에겐 최적의 환경이다

혹시 누구의 사과를 따 먹었어?
그럼 남모르게 울렸어?

그러니까 내가 아직 슬픈 것은 언제 지은 죄 때문
인가

혼자 빈방에서 갖고 놀아야 했던
물려받은 고장 난 장난감처럼

그만 지나가야 할 감정이 지나가지 않는다

다음이 내게 오면
미처 몰랐고 한 번도 보여주지 못한
아무도 본 적 없는 얼굴을 보여줄게
다음에 이다음에

나로 인한 너의 감정
그날의 감정보다
풍부한 감정으로
다음의 감정으로
그다음에는 또
다음의 감정

사월의 바람은 사월이
시월의 바람은 시월이

말 붙이고 싶은 사람

그 사과는 그때마다 맛있거나 유효했고
죄는 죄 위로 올라서니
가엾은 사람의 사건에 가담한 누군가는
똑바로 섰는데 기울어졌대 몰라서
교정할 수도 없는 평형감각

내려 앉아 오랜만에 먹고 있는 새를
맞추는 총알은 어디서 날아온 것인가
맹인에게 길을 잃게 하는 자는 저주를 받을 것이라*
위기를 위기답게 넘기는 법은 중요하지만
너무 자꾸 그러면 자궁으로 도로 들어가고 싶어진다
그러나 이 방법으로 안될 때 나의 방법과 다른 방
법을 신뢰하기로 하고
문은 내 손으로만 열고 닫는 것이라는 사실을 믿던
손이 달라지고
성사(成事)를 운에 맡기지 않을 것이니
한쪽 눈을 감고 이루어지지 않은 일의 분명한 이유
들을 정확하게 가늠하려고 한다

그것은 말 붙이고 싶은 사람을 만났기 때문이었는데
약한 자에게 약한 너를
빌려줄 때는 말로 주고 되로 받는 너를
좋은 자리에 누구든 앉히고 발아래 앉는 너를
외롭진 않았는지 힘없진 않았는지 좋아했는지 살피
는 너를
살갑다는 말을 가르쳐주는 너를
공정하지 않은 사람 앞에 앉은 공명정대한 너를 만
나게 되었으니 나는 계속 말 붙이고 싶다
동네마다 친구가 생겨도
집을 나서는 사람들과 돌아오는 사람들의 무리 속
에서도 너를 제일 먼저 찾을 수 있고
나는 네 앞에 서면 상기되는 내가 좋아진다
그리고 또 그리고 말 붙이고 싶은 사람

* 신명기 27장 18절.

느낌 氏 차례

투명한 피를 흘리는 달팽이
아프지 않은 게 아니야
아플 때 눈치채주는 친구를 만나면
눈으로 목소리로 쓰다듬어주지
그러면 옥상의 식물원이 되는 것 같잖아
숨구멍부터 열리기 시작해 다 벌어질 때
웃는 아이처럼 즐겁거나 노파처럼 숙인다 흐느낀다

뉘엿뉘엿 해가 질 때 전염병에 걸린 아이가 몰래
놀이터에 나와 혼자 노는 것처럼
　뚱뚱한 바퀴벌레가 무거운 몸으로 천천히 나를 지
나갈 때
　저도 어쩔 수 없었겠지
　이해할 수 없는 것들이 많으니까 나도 모르니까
　어떤 것이 분명해질 때까지 아직 느끼고 있는 중
인가
　촉을 세우고 구별하기 위한 과정 속에 있을 때라면
가장 느끼기 좋고

172

마음을 다 써버렸는 줄 알았는데

혼자일 때 더 많은 것이 가능하다면 제대로 느끼고
있는 것인가

허둥지둥을 정말 알게 되었을 때는 다급한 감정 덕
분이었고

나를 확증할 수 없는 나는 확신을 멀리하고서 일단
느끼고

예상 밖의 일들에 자지러지게 놀라고

상심증후군으로 또 사탕을 깨물어 먹게 하고

또 밀려오는지 심상치 않을 때도 있지만

흔들어도 흔들리지 않을거야, 는 또 흔들면 흔들려
줄게,로

안락의 기원과는 다른 뜻으로 양쪽 다 느끼고 마음
을 적는다

부음의 간격은 기쁨의 간격보다 좁아지지만

눈물의 한계를 시험하듯이 무엇에 의지해야만 할
때도

다치지 않으려고 밖에 나가지 않을 때도

특히 조심해야 할 취약한 상태로 감정을 끌어안고
무릎을 구부려 나를 껴안고
그래도 나는 어서 나 다음에 낙엽이 지길 기다리지
느끼고 눈이 내리면 더 좋고
그때 느낀 네가 내민 사과를 깨물었더라면 더 파란
만장이었을까
더 느꼈을 테니 다양한 이야기를 할 수 있었을까
나는 거쳐 간 과거가 되어주기로 하고 지나간다
그리고 나 다음에 느낌 氏 차례

연필 무덤 아래, 꽃과 신발의
적대적 협동 세계를, 생각하며 살기

정 과 리

실재에 대한 인간의 감각은 존재함에 닥치는 순수한 수동적 소여를
생생히 살아 움직이게 할 것을 인간에게 요구한다.
그렇게 하는 것은 그것을 변화시키기 위해서가 아니라,
그렇게 하지 않으면 어떻게 애를 쓰건
일방적으로 당해야만 하는 것에 표현을 주고
그것을 충만한 실존 안으로 불러들이기 위해서다.
—— 한나 아렌트, 『인간의 조건 *The Human Condition*』
(Chicago & London: The University of Chicago Press, 1958, p. 208)

1. 느껴 환호/절망하는 세계 앞에서

그렇다. 변화는 그다음이다. 우선은 겪어야만 한다. 그
래야만 그것이 내 삶이 되고, 내 삶이 되어야만 변화시켜
야 할 까닭이 주어지고, 그 까닭을 수임한 나의 운동이 그

변화를 나의 변화로 만들 것이기 때문이다. 아렌트는 이 대목에 주를 달고, 이렇게 썼다: "이것이 이 장(章)의 앞머리에 인용한 단테 글의 마지막 문장의 의미다. 이 문장은, 라틴어 원문 자체로서는 아주 명료하고 간단한데도 번역하기가 까다롭다." 그가 인용한 단테의 글은 다음과 같다.

모든 행동에서 수행자가 제일 먼저 의도하는 것은, 그 행위가 필연적으로 발생하는 것이든, 아니면 자유 의지로부터 분출한 것이든 간에, 그 자신의 이미지를 드러내는 일이다. 따라서 수행자는 그것을 하는 한, 그것을 하면서 희열을 느끼게 된다. 존재하는 모든 것은 그 자신의 존재를 욕망하는 것이기에, 그리고 행동 속에서 수행자의 존재는 어떻게든 강도를 띠는 것이기에, 희열이 필연적으로 따라나온다. 〔……〕 고로, (행동을 통해서) 자신의 잠재성 자체를 현전화하는 것이 아닌 한, 어떤 것도 행동하는 것이 아니다. 〔단테, 『군주론』(아렌트, 앞의 책, p. 175에서 재인용)〕

밑줄 친 부분이 마지막 문장이다. 언뜻 읽으면 '고로'라는 접속사를 통해서 희열을 수반하는 행동 자체를 부가적으로 설명하는 것처럼 보인다. 어쨌든 행동은 자신의 이미지를 드러내는 일이니까. 그런데 아렌트는 왜 이 문장의 번역이 까다롭다고 했을까? 아마도 그것은 단테의 이어지는 문장들에서 다른 뜻이 내포되어 있음을 그가 알아보았기 때문일 것이다. 단테는 말한다: "때문에 그러한 방식으로 (자신의 잠재성을 드러내는 방식으로—인용자) 행동하려고 애쓰지 않는다면, 그가 하는 노력은 헛된 것이 된다"〔Dante, *Monarchie*, *I*, *XIII*, œuvres complètes, traduction et commentaires par André Pézard (coll.: Pléiade), Paris: Gallimard, 1965, p. 652〕.

이 진술은 희열을 수반하는 행동 자체가 수행자의 잠재성을 드러내는 것이 아님을 가리킨다. 그렇다면 저 마지막 문장은 다음과 같은 논리의 사슬로 이루어진다: (1) 희열은 존재의 욕망에 의해서, 그리고 행동 자체의 열기에 의해서 발생한다. (2) 그러나 희열을 수반하는 모든 행동이 자신의 잠재성을 현전화하는 것은 아니다; (3) 자신의 잠재성을 현전화하는 행동일 때만 행동이라고 할 수 있다. 바로 이 점에 착목했기 때문에, 아렌트는 이 문장의 까다로움을 이해했던 것이고(그런데 이 까다로움은, 방금 인용한 불어판 주석자도 주목한 것이다), 그에 근거해, 자신의 진술을 만들어낼 수 있었다. "변화시키기 위해서가 아니라, 〔……〕 일방적으로 당해야만 하는 것에 표현을 주고 그것을 충만한 실존 안으로 불러들이기 위해서" "수동적 소여를 생생히 살아 움직이게" 해야 한다는 진술을 말이다. 즉 행동이 우선이 아니라, 그 행동이 휘감는 삶을 제대로 겪어내는 것이 중요하다고 생각한 것이다.

한 젊은 시인의 시집을 해설하는 이 자리에서 이런 서두가 왜 필요했을까? 바로 젊은 시인의 시가, 그리고 그 시가 비추는 현실의 정황이 그와 유관하기 때문이다. 실로 우리는, 그러니까, 1988년 이후의 한국인은 변화에만 집중해왔다. 세상을 바꾼다는 것이 마치 당연한 나날의 실천처럼 주어졌기 때문이다. 그 실천은 한국인 개개인의 자존을 치켜세우리라는 무의식적 기대 혹은 욕망 속에서 분출하였다. 그 기대 혹은 욕망 속에서 행동과 자존은 즉각적으로 등식의 양쪽을 차지하였다. 그래서 행동이 상황을 대신하고, 자존이 존재를 대신하게 되었다. 그래서 겪어보지도 않고 변혁의 편에 서길 갈망하고, 겪는다는 것이 무엇인지 생각할 겨를도 없이 격변의 파도 속에 몸을 담근다. 그것이 희열을 주입하고, 자신을 채운다는 환상 속에 자신을 잊게 만들기 때문이었을 것이다. 그리고 그 격변은 심야의 파출소에서부터 국가적 이슈로 달아오른 도심의 대도로에 이르기까지 넓은 의미에서의 정치적 장에서 벌어진 것이지만(우리가 여기에 스포츠 이벤트에 대한 도심 스펙터클의 열광까지 포함한다면, 그것은 이 도심 스펙터클이 정치적인 기미들로 가득 차 있다고 생각한다는 것을 뜻한다), 실상 그 정치적 장은 저마다 자신의 '믿음'이라고 생각한 것이 정치를 대신하는 경우들의 집적된 상황이었다고 보는 것이 타당할 것이다. 왜냐하면 실제의 정치가 작동하기 위해서는 아렌트가 이어서 말하듯, '상식common sense'에

근거해야 하는데, 불행하게도 한국은 이 '상식', 즉 '공통 감각'이라는 것이 무너진 사정에 처해 있기 때문이다. 또한 순환론적으로 그 상식의 와해는 바로 주관적 믿음들의 힘의 증대가 생각의 공통 기반을 찢어버린 데서 일어난 사태라고 볼 수밖에 없으니, 한국의 이 탈정치적인 정치적 공간에서 그 순환적 구조는 터빈처럼 기능해 내부 모순을 에너지 증폭의 기제로 삼았다고 할 수 있으며, 그러한 현상은 가장 반자본주의적 유력(流力)조차 전형적인 자본주의적 방식으로 작동하고 있음을 또다시 증명하고 있었던 것이다. 그러니 저 2002년의 광화문 거리에서부터 오늘의 극장에 이르기까지 스스로 결코 겪지 않은(을) 광경 속으로 황홀감과 함께 빨려 들어가거나, 혹은 거꾸로 '미국산 쇠고기 파동'에서부터 엊그제의 선거 결과에 이르기까지, 겪어보지도 않은 사태 앞에서 정신적 공황으로 침몰하는 일들이 빈번히 발생하는 것은 불가피한 일이다. 문제가 존재를 통과하지 않는 채로, 모두가 팽창하는 '나'의 이미지의 외면에 취해 비껴 흘러가고 있으니 말이다.

바로 이 생각의 자리는 또한 황혜경의 시들이 태어난 까닭을 지시하는 순간이기도 하다. 그런 만큼 얼핏 보아 수줍음 많은 젊은 여성의 쥐 난 잡념들로 인해 쥐어뜯긴 머리카락처럼 보이는 진술들은 실제로는 정치적 상상력의 강력한 전자기장을 띠고서, 현재적 삶의 곳곳에서 천연색 램프를 켠다. 이미 제목에서부터 그렇다. "느낌 氏가 오고 있다”! 이것은 우선 한국 사회가 지난 20여 년 동안 뜨거운 감성의 진동 속에서 살아왔다는 사정을 그대로 지시한다고 읽히지 않는가? 그러나 아마도 의심하는 독자가 있으리라. ‘느낌’이 전면에 등장한다는 사실만으로 그의 시에 정치성을 부여할 수 있는가? 양각된 글자들만으로 보자면 그의 시에는 어떤 정치적인 내용도 담겨 있지 않은데 말이다. 실로 그렇다. 그러나 독자는 이 한 가지 일치점을 젊은 시인의 무의식 속으로 들어가는 웜홀로 삼고자 한다. 그리고 그 안에서 한국 사회의 무의식을 만나기를 기대한다. 그렇다고 시인의 무의식이 곧 한국 사회의 무의식이라는 것은 아니다. 오히려 독자가 예감하는 것은 두 무의식의 만남 혹은 충돌 혹은 교섭의 무대다. 거기에서 두 무의식의 만남을 보는 것만 해도 예기치 않은 일인데, 그 만남의 방식 또한 예측불허다. 때문에 그것은 꽤 복잡한 미로를 거쳐야만 할 것이다.

2. 말굽 모양의 신발

우선 이 시부터 보자.

4인용 테이블의
세 자리를 비우고 밥을 먹는 한 사람 앞으로

당신은 비밀을 신고 오지
신지 않던 오래된 구두에는
더 오래전에 떠난 거미들의 집

어떤 날, 한 사람의 동작이 부자연스러워지고
전달되는 목소리들마다 겹소리로 들려오기 시작할 때
어딘가에 한참 못 미친다는 한 사람의 생각들 사이로
부정적인 말에 민감한 아이가 툭, 돌을 집어 던지는 것처럼
느닷없는 결과로 당신이 올 때
아, 이미 당신의 범주 안에 있었던 것이구나, 알게 되지
오래전부터 수묵 담채로 서서히 번져오던 당신의 그림자

여러 맛이 뒤섞여 있어 누가 최초의 당신이었는지 알 길이
없고
어차피 도미노는 과정과 결과를 즐기는 놀이
당신이 쓰러져 만들고 있는 사태가 확산되고 있다고 해도
누군가는 원인을 제공해야 하는 놀이를 당신이 하고 있는
중이고
하나의 덧니가 치열에 끼치는 영향보다는
덧니의 주인들은 덧니를 좋아하지 않는다는 사실이 더 명
백하지
본연의 자세를 지녔던 본체 이후, 여러 색을 덧칠하게 된
그 후로 한 사람은 거짓말을 잘하는 신자를 하나 믿고 있지

믿을 수 없기 때문에 섞인 것들은 감미롭지 않아 빠이빠이

한 사람과 한없이 가까워지고도 한없이 멀어지면서
당신은 비밀을 신고 가지
아무도 모르게 누군가 미스터리 서클을 만들고 사라지는
것처럼
그리고 시간의 간격을 달리하며 두 사람 혹은 세 사람이
한 사람 앞에 앉아 같은 표정을 짓는다면
알게 모르게 어떤 작용이 있었던 게 분명하지
　　　　　　　　　　　—「영향을 끼치는 사람」 전문

　이 알쏭달쏭한 노닥임 속에서 우리가 건지는 의미소들은 세 가지로 분류된다. 가장 중심적인 의미소들은 시 내부 인물들의 관계 상황에 대한 것들이다. 우선 인물은 기본적으로 셋이다. 처음엔 둘만 보인다. 하나는 '한 사람', 다른 하나는 '당신'이다. 그리고 3연 후반부에서, "거짓말을 잘하는 신자"가 하나 나온다. '한 사람'은 단수인데, '당신'은 언표상으로는 단수지만 잠재적으로는 복수다. 불특정 다수기 때문이다. 마지막 제3자는 아마도 '한 사람'과 '당신'의 관계의 자장에서 불쑥 튀어나온 존재인데, 그 형체가 썩 불투명하다. 이 인물들 간 관계의 추이는 다음과 같은 문장들의 사슬로 이루어진다:
　(1) '한 사람'이 아주 사소하게 관계의 평형을 흔들게

182

되면, 수많은 목소리가 겹쳐지며 일어난다. (2) 이 목소리들은 '한 사람'에게 영향을 끼치며, '한 사람'을 대상으로 해서 한없이 증식된다. (3) 이 증식은 불가항력적이며 그 과정에서 '당신'의 수를 무한정으로 불린다. (4) 이 증식에는 참여자들이 그 운동을 자발적으로 수용하고 능동적으로 전파하고자 하는 태도가 작동하고 있다. (5) 이 "과정과 결과를 즐기는 놀이"로서의 도미노에선, 기원이 실종되어버린다.

그러나 다른 의미소들도 있다. 그것들은 이 관계 상황에 대한 인물들의 심리적 반응을 보여준다. 그것은 다음과 같은 문장들로 이루어진다: (1) 시의 존재들(당신들)은 이러한 행동의 도미노적 감염성에 대해 자신에게 책임이 있다고 생각하기 싫어한다("덧니의 주인들은 덧니를 좋아하지 않는다"). (2) 그 책임을 묻기 위해, 원인에 대한 질문이 다시 등장한다. 이 놀이는 "누군가는 원인을 제공해야 하는 놀이"로서 향유된다.

이상의 중심 의미 집합은 이 시가 환기하는 삶이 두 가지 층위의 상호 추동적 기능을 통해 운동하고 있음을 보여준다. 간단히 말해, 행동의 층위에서는 원인에 개의치 않으며, 향유의 층위에서는 원인을 묻는다. 행동의 층위에서 그러하다는 것은 이 행동이 제동 장치를 가지지 않은 채 증식한다는 것을 가리킨다. 향유의 층위에서 그러하다는 것은, 이 행동들이 타자의 책임을 대가로 명분을 획득하고 있으며, 이러한 책임 전가 방식 자체가 원인에 개의치 않는 행동의 양태를 가지고 있음을 보여준다. 즉, 행동과 향유의 층위는 모두 운동할 때는 행동적이며, 계산할 때는 향유적이다. 달리 말해, 행동은 시니피앙으로 기능하고 향유는 시니피에로 기능한다. 따라서 이 두 층위는 같은 의미소군의 양면이다. 소쉬르가 시니피에와 시니피앙을 동전의 양면에 비유한 것과 같은 의미에서. 또한 동시에 시니피에는 시니피앙의 '구실'로 기능하여 시니피앙 증식의 한계를 없앤다.

이 중심 의미 집합의 주변에 다른 의미군들이 떠돌고 있는데, 그것은 이 중심 의미 집합이 억압적이거나 폭력적이기 때문이다. 주변에 처한 의미소들은 중심의 폭력성으로 인하여 상처를 입거나 불안에 사로잡힌 존재, 즉 '한 사람'의 상황을 드러낸다. 이 상황에는, 한데, '한 사람'의 내부는 보이지 않고 외부의 상태만이 드러나 있다. 우선 '한 사람'은 혼자서 밥을 먹는 사람이다. 테이블에 네 개의 의자가 있다는 점을 지시하는 시구는, 시 속 정황의 사회적 관습이 실제 사회의 일반적인 관습과 다를 바 없이 여럿이 함께 나누어 먹는 걸 자연스럽게 생각한다는 의미를 함축하고 있다. '한 사람'은 이 관습에서 외따로 떨어진 존재다. 이 외따로 떨어진 존재는 '비밀'을 갖고 있는 존재로 간주되는데, 그 비밀의 내용은 '한 사람'에게 있지 않고 '당신'에게 있다. '당신'은 '한 사람'의 비밀을 실어 나른다. 시인은 그 실어 나름을 '신발'이라는 비유 속으로 압축하고 있다. 이 비유는 돌발적인데, 그 근거를 우리는 시인의 다른 시편들을 통해 추론할 수 있다.

바로 날개 달린 신발의 소유자인 '헤르메스'가 소식의 전령이었다는 신화적 사실이다. 시 「때문에 꽃이 될래 꽃 필래」는 그 사실을 그대로 지시하고 있으니, 「영향을 끼치는 사람」에서도 시인의 어휘 선택이 그로부터 쓸려 나왔다고 생각할 수 있다. 그런데 이 헤르메스 관련성은 의외로 암시가 풍부하다(헤르메스의 신화적 정보에 대해서는, Pierre Brunel, *Dictionnaire des mythes littéraires*, Paris: Éditions du Rocher, 1988, pp. 705~32 참조). 우선 '당신'의 신발이 나르는 게 '비밀'이라는 점. 왜냐하면 헤르메스가 해석학Herméneutique의 어원이 되었다는 데서 알 수 있듯이, 헤르메스는 비밀을 옮기는 신이기 때문이다. 게다가 헤르메스의 날개 달린 신발은 초고속으로 움직인다. 그 때문에 그는 공간 사이를 이동한다기보다는 이동으로서의 공간 그 자체다. 이러한 헤르메스의 속성은 우리가 지금 읽고 있는 시에서의 '당신'의 양태와 유사하다. 그래서 독자는 '당신'을 헤르메스의 분신으로 이해하고 싶지만, 어딘가 어긋나는 데가 있다. 헤르메스가 옮기는 비밀은 '숨겨진 보석'이며, 그 비밀의 수탁은 '우연', 혹은 '예기치 않은 발견'의 성격을 갖는다. 그것은 헤르메스의 '운반'에서 중요한 것이 운반물이라는 것을 가리킨다. 반면 '당신'이 옮기는 비밀의 내용은 불투명하다. 대신 여기에서 중요한 것은 '당신'이라는 존재다. '당신'이 당신들로 확산되는 사태다. 그리고 그 '당신'(들)의 비밀 옮김은, 헤르메스가 가져다준다고 여겨지는 '횡재', 즉 우연한 기쁨이라기보다는, 어떤 상처들이다. '당신'이라는 헤르메스는 감추어진 것을 밝은 것으로 끌어내는 헤르메스가 아니라, 밝은 것을 혼란 속으로 밀어 넣는 어둠의 헤르메스다.

과연 다음 시는 신발을 가진 존재가 어둠의 영역에 속해 있다는 것을 가리킨다.

> 내가 처음 문방구에서 훔친 지우개는 꽃이었다 산 자들이 죽은 자들을 찾아와 꽃을 내려놓고 두 번 절하게 될 때 그 뒤에 서 있는 다른 한 무리의 형체가 보일 것이며 그것은 어둠의 제형(蹄形)일 것이라는 예시였다 말굽 모양 신발을 신고 달리고 말 것이라는 역동적인 말, 그리고 뜻과 뜻 사이, 숨을 고르는 침묵, 나는 그것을 좋아하게 되었다
>
> ──「발랄한 습관처럼 O, X」 부분

이 시에서의 신발은 '말굽 모양 신발'이다. 이 말굽 모양은 "어둠의 제형"의 '제형'을 반복한 것이다. 말굽 모양, 즉 '제형(蹄形)'은 흔히 쓰지 않는 한자어다. 이 한자어가, "어둠의"라는 관형어를 입고 기술된 까닭을 알려면 앞의 시구들 전체를 읽어야 한다. 이 시구들은 일종의 말꼬리

잇기의 형태를 취한 문장들로 이루어져 있다. 지우개＝꽃의 은유에 이어, 꽃→절→한 무리의 형체로 이어지는 환유적 이동이 있다. 그리고 한 무리의 형체＝어둠의 제형이라는 은유적 절차가 있다. 이 과정은 황혜경 시의 특징적 형태학을 암시한다. 우선 이 무대가 어떤 애도 혹은 장송의 자리라는 걸 독자는 쉽게 감지할 수 있다. 지우개＝꽃이라는 은유는 이 꽃이 죽은 자를 기리는 꽃이자 동시에 죽은 자를 잊기 위한 과정에 동원되는 수단이라는 점에 착목할 때 이해될 수 있다. 그런데 죽은 사람을 잊는 절차 중에 다른 것이 출현한다. 애도의 또 하나의 측면은 '초혼'이다. 그래서 죽은 사람이 죽은 자가 된 사람으로서, 즉 유령이라는 다른 존재로서 출현한다. 이것은 자연스런 절차다. 애도는 원래 '부르고' '달래서' '되돌려 보낸다'는 세 가지 절차로 이루어진다. 일단 부르는 것이다. 옛 동류를. 그러나 다른 자로서. 다른 자가 된 동류를. 그렇게 불러서 달랜다. 다른 자가 된 것을 슬퍼하고 납득시키며 받아들이게 한다. 그리고 영원히 다른 자로서 돌아가게 한다. 뜬금없이 이 세상에 출몰하지 않도록 하기 위해.

그런데 이 시에서 화자는 이 세 가지 순서 중 하나의 절차에 특별한 가치를 부여한다. 바로 "한 무리의 형체"가 출현하는 순간, 그리고 그것이 "말굽 모양 신발을 신고 달리"게 될 "역동적인" 사태가 그것이다. 이때 그 사태는 역동적이지만 어둠 속에서 은밀히 치러진다. 어떻게? 이어지는 "몇과 몇 사이, 숨을 고르는 침묵"에 빗대어 생각하면, 이 어둠의 역동은 밝음의 소란 안에 숨어 일어난다. 그 소란을 방패로 해서, 그 소란의 안쪽에서 벌어지는 것이다. 그것을 화자는 "좋아하게 되었다." 그렇게 해서 생겨난 것이 '나'의 "발랄한 습관"이다. 그것은 공식적 의례의 '진지한 관습'으로부터 이탈하는 '나'만의 게임이다. 왜 이런 게임이 필요할까? 독자는 다시 한 번 에두른 길을 택한다.

3. 밝은 꽃

여기까지 와서, 독자는 황혜경 시의 기본 형태학이, 두 대립자의 쌍생으로 이루어져 있음을 알아차릴 수 있다. 방금 읽은 시에서, 그것은 꽃/말의 연속적 출현과 대비다. 그것은 다양한 변주를 거쳐 '관습/습관'의 대립으로 이어진다. 우리가 여전히 해독 중인 「영향을 끼치는 사람」에서, 그 두 항목은 '한 사람' / '당신'이다. 이 형태의 밑바닥에는 '외로운―단독자' /불특정 다수로서의 '당신'이 있다. 또한 「때문에 꽃이 될래 꽃 필래」에서는,

날개 달린 신발의 최초의 주인 '헤르메스'
날개 달린 신발의 최상의 주인 '높게 피는'

에고의 삼파전 후에 피는 꽃이 될래 꽃 필래

에서의 '헤르메스'/꽃이 대비를 이룬다. 「꽃의 뒤편, 샤워의 자세」에서는 '꽃봉오리가 열리는 사태'와 '꽃의 뒤편에서 씻는 자세'가 계기적으로 출현하여, '힘겨움'/'황홀감'의 대비를 이루고 있다. "잘린 케이크와 시든 꽃 사이로 핏물인지 꽃물인지"(「모호한 가방」)는 또 어떠한가?

> 여자와 꽃의 이야기가 시작된다 어둠을 덧댄 하늘은 주로 꽃의 요구에 따라 톤을 조절했으나 암흑의 끝까지 들추진 못했다

> —「담장 아래 붉은 담요를 깔고」 부분

여기서도 역시, 여자와 꽃의 이야기를 동시에 시작하고 있다.

흥미로운 것은 상당수의 시편들이, 이 쌍생적 대상의 한 극에 '꽃'을 놓고 있다는 사실이다. 그리고 이 '꽃'은 일반적으로 '요구'의 형태를 띠고 출현한다. 방금 읽은 시에서는 아예 "꽃의 요구"를 명시하고 있으며, "엄마는 내가 꽃인 줄 아나 봐"(「물구나무꽃」)에서 그 요구는 기대가 유발하는 요구이고, "왜 관계는 꽃잎처럼 가벼울 수 없는 걸까"(「우리」)에서 꽃은 비교의 준거점이 되어 현실의 관계에 이상적인 상태를 요구하고 있다. "산 자들이 죽은 자들

을 찾아와 꽃을 내려놓고 두 번 절하게 될 때"(「발랄한 습관처럼 O, X」)에서는 꽃이 경배의 대상이란 점에서 그 자체로 요구의 장소다. "몸이 씨앗을 삼킨 만큼 몸이 꽃 피울 수 있다는 주문을 걸고 홀연히 사라진 당신"(「때문에 꽃이 될래 꽃 필래」)에서의 '주문(呪文)'은 동시에 당신의 '주문(注文)'일 것이다. 이어지는 시편의 제목은 「당신의 주문, 달리다굼」인데, "딸기꽃을 그리라고 하시면서 흰 종이를 주셨습니다"로 시작하는 첫 행은 독자의 해석을 그대로 증명한다.

이 요구는 무엇을 가리키는가? 그것을 알기 전에 독자가 먼저 읽는 것은, 이 요구의 꽃이 대체로 화자 혹은 시 속의 존재들을 고통스럽게 하고 있다는 것이다.

'얼마나 그리우면 꽃이 됐나' 가사를 듣다가 지고 있는 이
파리들 　　　　　　　　　　—「부정적인 그 사람이」 부분

같은 시구는 대표적인 예다. "사소하게 지루하게 꽃밭에 물 주면서 하루에 점점 희박해지는 나는 시인들이다"(「나는 시인들이다」)에서 꽃의 요구에 따르는 경우의 부정성은 시의 위기와 연관된다. 따라서 독자는 꽃의 요구가 대관절 무엇인지에 대한 질문을 여전히 유보한 채로, 요구에 대한 대응에 관심을 집중하고픈 충동을 받게 되는데, 왜냐하면 그 대응은, 요구가 시의 상황뿐만 아니라 시의 존재 자체

190

도 위협한다는 점에서, 시의 인물과 화자와 시인이 합심해
서 행하는 전면적 대응일 것이기 때문이다.

　과연 꽃에 대한 시의 태도――도대체 인물과 화자와 시
인이 하나가 되어 수행되는 이 태도를 시의 태도라고밖에
달리 명명할 길이 있는가――는 대체로 꽃의 ‘요구’에 대한
다양한 방식의 저항이다. 그것은 가령,

　　꽃이 되고 싶다던 언니에게 화자는 문제
　　　　　　　　　　　　　　　　――「문제적 화자」 부분

라는 시구에 전형적으로 나타나 있다. 이 저항적 태도
는 ‘꽃’을 꺾거나 없애는 게 오히려 바람직한 태도라는 결
심을 함축하고 있다. 이 결심은, “거처를 버리는 꽃의 입
술이 바람을 향해 열리게 될 날이 가까웠느니 영원히 떠도
는 쪽이라 했나니”(「겨울의 유목」)라는 시구처럼, 꽃을 그
의 장소에서 이탈시킬 때 세상이 열린다는 암시로부터,
“꽃밭을 망치는 것처럼 다음에는 내게로 아무도 다녀가지
않은 것처럼 씻는다 빗줄기가 꽃대를 여러 개 꺾었다는 공
기의 말이 들리기 시작할 때”(「꽃의 뒤편, 샤워의 자세」)의
경우처럼, 꽃밭이 망가지고 꽃대가 꺾일 때 비로소 “공기
의 말이 들리기 시작한다”는 주장에까지, 세밀한 스펙트럼
을 이루며 꽃의 몰락이라는 한 가지 사태를 향해 시 내부
의 인물들의 행동을 집중시킨다. 그러나 이러한 태도는 인

물만의 태도가 아니다. 「문제적 화자」로 돌아가보자. 해당 시편에서 '화자'는 고유명사를 가진 시 내부의 인물이자 동시에 시의 발언 주체이며 또한 시론적 장소다. 시론적 장소라고 하는 까닭은 '문제적 화자'라는 용어가, 시인이 의식적이든 무의식적이든, '문제적 개인'이라는 소설론의 개념을 참조하고 있기 때문이다. '문제적 개인'은 세상의 문제를 고스란히 겪되, '자각적' 방식으로 겪는 존재다. 이 시편에서 '화자'는 우선 언니의 소망을 훼방 놓는 존재로 나타난다는 점에서 문제적이다. 즉 그녀는 꽃이 되고자 하는 의지에 저항한다. 그런데 동시에 '화자'는 시의 '말하는 주체'다. 이 화자(話者)로서의 지위는 꽃에 대한 저항이 행동적 차원에서뿐만 아니라 시적 차원에서도 일어나고 있다는 것을 가리킨다. 그렇다면 꽃에 대한 저항은, 시를 꽃처럼 만들고자 하는 시적 태도, 꽃을 시의 상징으로 여기는 시적 태도에 대한 저항이 된다. 이 태도는 한국의 일반적 시적 태도에 대한 저항으로 읽힌다. "내가 그의 이름을 불러 주었을 때/그는 나에게로 다가와 꽃이 되었다"라는, 굳이 시인의 이름을 밝힐 필요도 없는 애송시를 생각해보라. 꽃을 시적 상징으로 여기는 이런 시적 태도의 내용을 젊은 시인 황혜경이 어떻게 포지하고 있는가를 완전히 파악할 수는 없다. 그러나 그것을 크게 보아, 의미의 충만을 완미(完美)로서 인정하는 태도로 이해하는 것으로 족할 것이다. 이런 태도가 '무의미'를 주창한 시인에게서 무의식적으로 새어 나와, 시인 스스로 그 모순을 해결하지 못해, "너는 나에게 나는 너에게/잊혀지지 않는 하나의 의미가 되고 싶다"를 억지 춘향 격으로 "너는 나에게 나는 너에게/잊혀지지 않는 하나의 눈짓이 되고 싶다"로 바꿀 수밖에 없게 하기도 했던 것이다(그렇게 바꾸면, 대관절 "내가 그의 이름을 불러주기 전에는/그는 다만/하나의 몸짓에 지나지 않았다"라는 첫 행의 '몸짓'은 어디로 숨어야 한단 말인가?). 그만큼 꽃의 시학은 한국 시인들의 집단 무의식이라고도 할 수 있을 것이다. 그래서 완미에 대한 지향을 혼돈 속으로 밀어넣고자 했던 시인도 "노란 꽃을 주세요"라고 부르짖음으로써, 꽃의 자기장을 이탈하지 않았던(못했던) 것이다. 꽃은 "상징의/덫"(「어떤 상징」)이었던 것이다.

그렇다면 황혜경은 이 꽃의 시학으로부터 벗어나는 것인가?

그리고 꽃과 별에 대해서라면

하혈을 '**꽃**' 으로
사정을 뒤척이던 '**별**' 로 쓰겠습니다

——「통증」 부분

라고 적었을 때, 그는 한국 시의 미학을 지배해온 '꽃의 시학'의 폐기를 선언한 것인가? 바로 그 물음에, 「문제적

화자」의 '화자'가 "또한 시론적 장소"라고 한 앞의 진술이
관련되어 있다.

4. 다시, 어둠의 말굽

분명 젊은 시인은 스스로를 꽃의 요구 혹은 시학의 부정
성을 명료하게 지적하는 사람으로 내세우는 것 같다.

그리움도 사랑도 꽃이 아니라고 당신들은 추억도 되지 못
할 거면서 자극적인 것을 갖고 싶어 하는 것이라고 나는 아
니라고 말하는 사람

—「부정적인 그 사람이」 부분

여기에 그 부정적인 사람은 인물로 대상화되어 있긴 하
지만, 그 의도는 다른 데에 있다고 보는 것이 타당할 것이
다(실은 그것이 이 대목에서 독자가 매우 궁금해하는 측면이
다). 이제 독자는 '꽃'의 의미에 대해서까지 해독할 수 있
게 되었다. 그것은 특정한 보편적 상징이다. 그 의미는
'화자'의 '시적 태도'를 통해 드러났지만, 이미 보았듯,
'꽃'과 관련해서는 '인물'과 '화자'와 '시론'이 동시에 운동
하고 있다는 점에서, 이 상징은 시만이 아니라 삶 전반에
서 작동하고 있는 것이라고 보아야 할 것이다. 우리 삶의

194

모든 부면에서 이상적으로 순금화되고 그렇게 그 모습을 드러내는 것에 기대고자 하는 의지, 혹은 그 기준에 따르고자 하는 의지가 상정하는 것, 그것이 '꽃'이다. 이 꽃의 요구에 대해 시는 저항한다. 한편으론, 그것이 단순히 "자극적인 것"에 대한 욕망에 지나지 않는다고 비판하고, 다른 한편으로 꽃의 요구를 따르지 않는 삶을 살고자 한다.

그 삶이 무엇인지에 대해서도 독자는 이제 짐작할 수 있다. 바로 '헤르메스'처럼 사는 것. 즉 날아다니는 신발을 신고 끊임없이 유동하는 것, 그러니까, 스마트-디지털 문명 시대의 지극히 신세대적인 삶을 사는 것이다.

한데 바로 이 자리에서 독자는 난관에 부닥친다. 시의 가치판단이 저 헤르메스적인 삶에도 긍정을 부여하는 것으로 보이지 않기 때문이다. 이미 독자는 해석이 유보된 상태의 「영향을 끼치는 사람」이 보여준 '당신'이 바로 그 부류에 해당한다는 것을 알고 있다. 이 불특정 다수의 당신의 도미노 놀이에 '한 사람'은 모종의 '작용'("알게 모르게 어떤 작용이 있었던 게 분명하지")을 당한다. 그리고 '한 사람'은 당신의 도미노 놀이에 동의하지 않는다. 그는 거기에도 저항한다.

그 후로 한 사람은 거짓말을 잘하는 신자를 하나 믿고 있지
믿을 수 없기 때문에 섞인 것들은 감미롭지 않아 빠이빠이
　　　　　　　　　　　　　　　——「영향을 끼치는 사람」 부분

그 저항은, 다른 시의 시구를 빌리자면, "나는 내가 아는 남은 소란을 곱씹으며/다시 생각하기 시작한다"(「두부의 규모」). 그 '다시 생각함'의 결과가 무엇인가? 바로 "거짓말을 잘하는 신자를 하나 믿"는 일이다. 「두부의 규모」에서는 그것은 "고요하고도 부드럽게 무너"지는 일로 표현된다. 시의 화자는 그것이 "얼마나 매혹적인가"라며 탄성을 흘리고 있다. 그리하여 지금까지 제외했던 마지막 제3자가 해석의 그물 안으로 들어오게 되었다. 이 "거짓말을 잘 하는 신자"는 누구인가? 시 전체를 통틀어 그를 해독할 정보는 거의 없다. 다만 이 신자는, 다음 행의 "믿을 수 없"는 "섞인 것들"의 대타항이다. 그리고 이 행에 비추어본다면 이 '신자'는 믿는 자라기보다, '믿을 수 있는 자'다. 혹은 믿음 쪽으로 사람들을 끌어당기는 자다. 그렇다면 이것은 이 시집에서의 '꽃'의 일반적 속성과 공유하는 면이 아닌가? 게다기 이 믿음 쪽으로 끌어당기는 자는 동시에 "거짓말을 잘하는" 자인 것이다. 앞에서 보았던 것처럼, '꽃'은 어떤 이상적 상태를 가정하게 하고, 그쪽으로 우리를 끌어당기는데, 그것은 실은 '거짓'이었던 것이다.

그렇다면, 「영향을 끼치는 사람」에서 '신발'족(族)의 도미노는 '꽃'을 출현시키고 그에 대한 믿음을 보탠다. 반면, 「문제적 화자」에서 문제를 일으키는 화자가 신발족이라면 그의 기원은 화자(花者), 즉 꽃이었던 것이 아닐까? 실로 꽃이 되겠다고 다짐하고 다짐하는 이 시구는 얼마나 빠른 급류로 흘러가고 있는가?

쉬운 쪽과 어려운 쪽 때문에 모두 피우는 꽃이 될래 꽃 필래 유리한 것을 찾아 떠나기만 하는 사람 때문에 남아서 꽃이 될래 꽃 필래 사람을 나르고 짐을 나르는 역마, 근거 없는 부랑 때문에 뿌리 있는 꽃이 될래 꽃 필래 너무 외로운 사람이 귀신을 만들어 만나기 때문에 서둘러 오고 있는 영면 때문에 이제는 꽃이 될래 꽃 필래 흥부의 박씨와 완두콩 오형제와 잭과 콩나무 때문에 희망 때문에 죽은 씨앗도 화분에 심는 계절 때문에 한번쯤 꽃이 될래 꽃 필래
　　　　　　　　　　—「때문에 꽃이 될래 꽃 필래」 부분

꽃을 말하되, 어둠의 말굽 모양으로 말하고 있는 것이다. "근거 없는 부랑"이 "뿌리 있는 꽃"을 갈망하게 했다면, 이 뿌리 있는 꽃에 대한 도달할 길 없는 소망 자체가 근거 없는 부랑이 되는 것이다. 황혜경의 시에서 그건 마치 운명과도 같다. 마치 모든 사랑의 시작이 이별을 낳듯이. 그래서 "가장 꼭대기에서 보면 저마다의 우리 사랑은 구름 위의 난교"(「부정적인 그 사람이」)인 것이다.

황혜경 시의 기본 형태학, 즉 대립적인 것의 쌍생적 출현은 여기에 와서 의미론으로 나아간다. 이 쌍생은 적대적인 양자 사이의 협동을 통해 순환론적으로 공생하고 있다

고. "현현(玄玄)하다/위에/현현(泫泫)하다/가 덧칠되기 시작"(「창문도 없는 방이라 해도」)하듯이, 극은 극을 부른다. 그런데 이 서로를 발생시키는 양극은 서로 간에 화해의 통로가 개설되어서 그러는 게 아니다. 오히려 서로에 대해서 적대적이기 때문에 더욱더 상대방을 도발한다.

이것을 적대적 협동의 세계라고 말할 수 있을 것이다. 의미론은 궁극적으로 현실 인식이다. 즉 이것은 황혜경의 오늘의 한국 현실에 대한 판단이자 동시에 한국 시에 대한 판단이다. 그 판단이 '무의식적'이라는 것은 시인이 그걸 의식하고 있지 못하다는 뜻이 아니다. 그게 아니라 그 판단이 '단언'의 차원이 아니라 '수행'의 차원에서 나타난다는 의미다. 황혜경의 이 무의식적 판단은 한국 사회에서 감성주의의 혼잡이 순결주의와 맞물려 있으며, 형태 파괴의 극단적인 소용돌이가 순수 서정시의 영구적인 지배에 보충적으로 기능한다는 희한한 사회적·문학적 현상을 환기시키고 있다. 온갖 혼성 모방으로 얼룩진 감성주의가 보여주는 순결성에 대한 공격은 그 엔트로피 과잉 속에서 순수에 대한 초조감을 불 지르고 있으며

난시의 골목에서 벌어지는 순간의 이합집산, 먼 그날들의 별 총총
　　―「난시(亂視)의 골목, 별 총총 변주 형태를 포함한 데생」 부분

한국적 순결성의 소위 '단일민족적 감성'이 날리는 깃발들
은 도처에서 잡다하게 나부끼면서 그 스스로 더러움, 요란
함, 비명의 현상으로 돌변한다.

행동에 순서가 없어지기 시작할 무렵의 일이지만
절규는 늘 한통속이고
절규의 동질(同質)과 동률(同率)의 절규
　　　　　　　　　　　　　　　—「두려움의 근거」 부분

"이 세상에서 제일 더럽게 무서운 것은 씻고 있는 나"
(「꽃의 뒤편, 샤워의 자세」), 즉 청결하려 하면 할수록 불
결해지는 것이다.

5. 느낌 너머의 생각 혹은 생각 안쪽의 느낌

그래서 시인은 말한다. "내가 무섭다"(「두려움의 근거」)
고. 내가 당신을 낳고 당신이 나를 낳으니까. '나'가 거짓
이라면, '당신'은 난잡이니까. 그러니까 정말 무서운 건,
이 "시간과 사건의 끔찍한 둔갑술"이다. 그는 "극점과 극
점을 오가"(「꽃의 뒤편, 샤워의 자세」)는 사람이 되었다.
이것은 "참혹한 알쏭달쏭한 수수께끼"다.

이 참혹한 수수께끼는 시집의 전 부면에 고스란히 반영되어 있다. 황혜경의 시들은 사방에서 찢기고 시도 때도 없이 독립체로 회귀한다. 그럼으로써 생뚱맞게 홀로 있거나 무분별하게 뒤섞여 있다. 이 시집을 처음 읽는 독자는 동강 난 문장들의 집하장 앞에 서 있는 듯한 느낌에 사로잡힐 수도 있을 것이다. 시인 스스로 진술하듯, 이 시집은 일종의 "연필 무덤"(「A반의 연필 무덤」)이다. 때문에 시편들을 한 편 한 편 읽어나가면, 느낌으로 생생한 듯하지만 어떤 의미도 제대로 발설되지 않은 거대한 몰의미(沒意味)의 더미를 느낄 뿐이다. 독자는 이 동강 난 문장들 안으로 헤집고 들어가 그것들의 내적 연관성을 회복시키기 위한 작업을 해야만 한다. 지금까지 기술된 문장들은 바로 그 동강난 문장들을 다시 꿰어 잇기 위해 시도된 문장들이다. 그런데 단순히 꿰매고 덧대는 일만으로 그 일이 달성될 수 있는 게 아니다. 그것들은 반듯이 깨진 유리의 결손 없는 파편 같은 것들이 아니기 때문이다. 그와는 정반대로 이 문장들은 수많은 종류의 공백과 중첩으로 가득 차 있기 때문이다. 별도의 방법론이 도입되지 않을 수가 없다.

독자는 기본적으로 두 가지 방법론을 적용하였다.

첫째, 한 편의 시에 여러 개의 의문부호를 붙이고, 그 의문부호를 열린 구멍으로 삼아 다른 시편들을 향해 나아가는 것이다. 그렇게 해서 일종의 '항상적 주제 변이'의 성질을 띤 것들을 모두어, 시의 인식적 구조를 재구성하는 것이다.

　다음, 그렇게 해서 추출된 항상적 주제를 근거 삼아 처음에 문세 삼았던 한 편의 시에 최대한의 의미를 부여함으로써 온전한 문장으로 변형시키는 것이다. 이 첫번째 시의 온전한 문장은 차후 다른 시들에서 온전한 문장을 회복시키는 데에 준거점이 되어줄 것이다.

　독자가 선택한 첫 시는, 「영향을 미치는 사람」이었다. 이 시를 시작으로 해서, 독자가 찾아낸 황혜경 시의 인식적 구조는, 대립자의 쌍생적 출현과 삶―시―이론의 동시성이었고, 그 구조를 통해 구현된 시의 기본 문장, 즉 시의 발언은 세계는 적대적 협동의 세계고 ‘시’(삶의 주체, 시의 주체, 이론의 주체가 하나로 통합된 주체)는 그 적대성 속에 휘말려 들어가 있다는 인식이다.

　시 전체의 파편적 현상은 그 인식의 정도를 그대로 가리킨다. 그러나 그것뿐일까? 지금까지 독자는 이 시의 움직임이 인물―화자―시론, 달리 말하면 사람―시인―이론가의 동시성이라는 관점에서 황혜경의 시를 보았다. 그런데 실제적인 논의는 인물―화자, 사람―시인의 고리 안에서만 이루어졌다. 「문제적 화자」가 제시했던 ‘시론적 지위’의 몫을 충분히 고려하지 않았던 것이다. 시에서의 시론적 지위는 삶에서는 세계관의 장소와 다름 아니다. 세계관의 장소에서는 세계의 느낌과 인식과 동경이 수행적으로 하나가 되어 움직인다. 즉 세계관의 지평에서는 소여와 인식만이 있는 게 아니다. 인식을 소여의 가능성으로 만드는 것, 그럼으로써 인식 자체가 진화로서의 인식이 되게끔 하는 작용이 있다. 그것이 '수행'의 의미다.

바로 여기에서 독자는 모두에서 인용했던 단테와 한나 아렌트의 문장을 되새긴다. "자신의 잠재성 자체를 현전화하는 것이 아닌 한, 어떤 것도 행동하는 것이 아니다." 그리고 그렇기 때문에, "존재함에 닥치는 순수한 수동적 소여를 생생히 살아 움직이게 할 것을" 요구받게 된다. 황혜경의 '문제적 화자'는 바로 그러한 실존의 문제를 자각의 차원에서 궁글리는 존재다. 앞에서 독자는 이 문제적 화자를 '화자(花者)'에 대한 '화자(話者)'의 문제 제기라는 층위에서 보았다. 이제는 화자(話者) 자신을 문제화한 존재로서 바라볼 때다. 이때 화자는 다시 말의 영역에서 행동의 영역으로 건너가게 되는데, 이 행동은 '인물'의 행동처럼 세계 반복적이 아니라, 세계 구성적이 된다. 그러나 그 구성적 행동은 방금 곱씹은 대로 수동적 소여를 '생생히 살아 움직이게끔' 하는 방식으로 나타난다. 그러한 방식을 그 용어 자체가 암시하는데, 왜냐하면 이 용어는 널리 쓰인—한국의 문학장 내에서 때로는 이상하게 왜곡되어 지식인적 지위를 가진 존재를 가리키는 말로 오해되기도 했던—문학적 개념, '문제적 주인공héros problématique'에서 파생된 것이 분명하기 때문이다. 이 용어는 루카치가 『소설의 이론』에서 묘사한 '주인공'의 모습들을 종합적으로 요약하면서 골드만이 톺아낸 개념인데, 그에 의하면 '문제적 주인 공'이란 "진정한 가치를 추구하지만, 그것을 진정하지 못하고 타락한 방식으로 추구하는"〔Lucien Goldmann, 「루카치의 초기 저작에 대한 안내」, in G. Lukács, 『소설의 이론 *La théorie du roman*』, Paris : Éditions Gonthier, 1963(1920), p. 177〕 존재다. 요컨대 그는 세계의 문제를 그대로 체현하면서 세계의 극복을 소망하는 존재다. 그렇기 때문에 세계를 극복하지 못한다. 그러나 또한 그렇기 때문에 그는 세계의 극복을 쉼 없이 앓으며, 자기 극복으로서의 세계의 개진이라는 문제를 세상에 퍼뜨린다. 황혜경의 문제적 개인도 같은 도관을 통해 출현한다.

그 사람이 오래도록 굴러떨어진다 떨어지면서 부정적인 그 사람이 긍정하기 시작한다 돌 계단이나 철 계단 아니었다는 것을 다행으로 여기며 나무 계단에서 굴러떨어진 그 사람이 머리에서 피를 쏟고 있으면서도 그래도 다행이라고 감사해하면서 피 묻은 손을 들어 손짓하면서 찢어진 입술을 움직이면서 사실은 모두 다 아닌 게 아니었다고 *끄*덕거리면서

　　　　　　　　　　　　—「부정적인 그 사람이」 부분

부정적인 그 사람이 긍정하기 시작할 때, 그는 태어난다. 황혜경 시의 구도 내에서 문제적 개인은 문제적—문제적 개인이다. 정확하게는 꽃(혹은 신발)을 문제화하는 개

인(화자)을 문제화하는 개인이지만, 앞에서 이미 말했던 것이기에, 그 때문에 이런 말장난을 하는 게 아니다. 인용된 시구에 그대로 보이듯이, 이 문제적 개인은 문제 속을 맴돈다. 거푸 "다행으로 여기며," 그러니까, 그 생각 이전에, 돌 계단, 철 계단, 나무 계단, 굴러떨어짐, 피 쏟음, 손짓, 찢어진 입술을 하나하나 짚어 생각한 결과로, '다행'을 떠올린다. 그는 '문제'의 형벌에 처해진 존재다. 그는 문제를 문제화하고 문제를 문제화한 문제를 문제화한다. 그러나 의혹의 구름층계를 더 깊이 내리는 방식으로가 아니라, 의혹의 계단을 추리의 계단으로 바꾸는 방식으로. 그렇게 그는 부정을 부정해서 "사실은 모든 게 다 아닌 게 아니었다고 끄덕거리"기 시작하는 것이다. 그러한 시의 변신을 그는 '명월(冥月)'이라고 부른다. 그의 달은 밝은 달이 아니라, 밝은 달과 소리가 같은 어두운 달이다. 그러나 소리가 같기 때문에 어두운 달은 밝힘을 소리로 환기하며, 내내 어둠 속을 다닌다. "먼 그때에 그렇게 그려질 보일 듯 말 듯 그렇게 그려질 암각화"(「그렇게 그려질 암각화(暗刻畵)」)로서. 어느 외국 시인의 어법을 슬쩍 빌려 오자면, 그는

밝히지 않는다
그는 은은할 뿐이다.

이 은은히 들리는 소리를 고즈넉이 입안에서 굴려보시라. 굴리면서 이 문제의 형벌에 처해진 문제적 개인의 실제적인 행동 양태는 그러니까 보일 듯 보일 듯 말 듯 거의 보이지 않는다는 사실을 생각해보시라. 그 행동은 세상에 충격을 가하는 것이라기보다는 세상을 생각게 하는 행동이다. 황혜경식 존재는, "나는 생각이 없는 사람보다/슬픔을 모르는 사람을 나는 더 모르고 싶"(「슬픔을 모르는 사람」 부분)은 존재다. 그 생각은 무엇보다도 느낌의 늪으로 벗어나게끔 하는 기능을 한다. "슬픈 당신에게 나의 슬픈 감정이 전해질까 봐/내가 꾹 참는다는 것을 알고는 있어요"(뒷표지 글)라고 말하는 데까지 온 것이다. 그러니 이 순간이 적대적 협동으로 가득찬 현실 세계로부터 벗어나는 순간이다. 그러나 그가, 그러니까, 황혜경의 시가 진정 적대적 협동의 세계로부터 벗어나고자 한다면, 그로부터 도피해서는 안 된다는 것 역시 상식이 된 세상이다. 진정 벗어나고자 한다면, 그 세계 자체를 움직여야 한다. "자궁으로 도로 들어가고 싶어"(「말 붙이고 싶은 사람」)지면 안되는 것이다. 제목 그대로 "말 붙이고 싶어"져야 하는 것이다. 그러나 아무나 말 붙일 수 있는 게 아니고, 아무렇게나 말 붙일 수 있는 것은 더욱 아니다. 말을 붙이려면 우선 어떤 방식으로든 '접촉'이 있어야 한다. 즉 감성적 교섭이 불가피하다는 것이다. 아마도 그래서 그의 시에서 느낌은 다시 회귀한다. 느낌은 '황홀'의 방식으로 작동하지 않는다는 조건하에 생각 속에 깃든다. 어떻게? 가령 그 방법 중의 하나로 시인은 "같이 물의 호흡을 느끼는"(「물의 당 김음」) 법을 소개한다. 이 방법은 이전의 감성적 혼효와 다른 점이 두 가지 있다. 하나는 상대방(당신)을 느끼기보 다 매개자(물)를 느낀다는 것이다. 다른 하나는 동작을 느 낀다기보다 "호흡"을 느낀다는 것이다. 매개자를 느낀다 는 것은 교섭을 주관화하지 않는 한 방법이 될 것이다. 그 구체적인 양태는 분명하지 않지만, 그것은 가장 확실한 통 로가 될 것으로 보인다. 왜냐하면 시집의 마지막을 장식하 고 있는 시편, 「느낌 氏 차례」는 느낌의 주권을 '나'로부터 '느낌'에게로 건네겠다는 의지를 분명히 표명하고 있기 때 문이다. 그 마지막 시행은 이렇다.

그리고 나 다음에 느낌 氏 차례

———「느낌 氏 차례」 부분

방금 기술한 문맥을 고려하는 사람은, 이 시행이 가진 대단한 느낌의 자기장에 얹어맞는 쾌감을 볼 것이다. 그러 나 느낌에게 주도권을 넘기는 게 주관적 황홀로 빠지는 경 우를 우리는 얼마나 많이 보았단 말인가? 아마도 동작이 아니라 호흡을 느낀다는 두번째 방법론이 그 함정을 건너 뛸 널판으로 제공된 것인지도 모른다. 동작을 느끼기보다 호흡을 느낀다는 것은 무엇인가? 물의 호흡은 교류의 최소성을 보장해주는 것이다. 아마도 그 교류의 최소성을 근거로 해서, 상대방을 열심히 유추하는 훈련이 가능할 것이다. 달리 말해, 통로가 최소화되면 될수록 상대방을 이해하려는 노력은 더욱 커질 것이다. 「물의 당김음」에서 그것은 상대방의 흔적에서 상대방의 전체를 그려보는 연습으로 제시되고 있다.

새는 저도 모르는 사이
홀연히 깃털 하나 띄워놓고
또 어디쯤으로 떠나고 있을까요?

"또 급하게 마셨구나"
"목이 메는 모양이구나"

호수 위에 떨어진 깃털 한 잎
그 누구의 배려일까요?

──「물의 당김음」 부분

이 유추가 아마 '나'와 '당신'의 공간을 열린 사회로 만드는 근거가 되어줄 수도 있을 것이다. 다만 이 시에서 그 유추는 지나치게 직접적이어서 시적이라기보다는 동화적이다. 그렇다는 것은 이 젊은 시인의 시 쓸 시간이 무척 많이 남았다는 것을 가리키리라. 여기까지 오기만도 얼마나 고되었을 것인가? 그의 말들이 토막 나고 마는 사태를 속수무책으로 바라보면서, 손쉬운 상징과 타협하지 않고, 그걸 감당하기 위해 얼마나 이를 악물었을 것인가? 그 의지로 그는 삶과 시와 정신을 한꺼번에 아우르고, 자신과 사회를 하나로 묶어서, 적대성의 늪을 통과해온 것이다. 그러니 또한 그가 스스로 낸 길을 얼마나 씩씩하게 걸어갈지 자못 기대되지 않는가? ▨